MW01714245

# Le secret d'Anouchka

J'AI LU

*Barbara Cartland est une romancière anglaise dont la réputation n'est plus à faire.*

*Ses romans variés et passionnants mêlent avec bonheur aventures et amour.*

*Barbara Cartland fête actuellement son 200e livre publié en français.*

*Vous retrouverez tous les titres disponibles dans le catalogue que vous remettra gratuitement votre libraire.*

# Barbara Cartland

# Le secret d'Anouchka

*traduit de l'anglais par Marie ARLAND*
*et Daniel RICHEZ*

*Éditions J'ai lu*

*Ce roman a paru sous le titre original :*

PURE AND UNTOUCHED

## NOTE DE L'AUTEUR

Nicolas Ier (1825-1855) fut sans doute l'un des souverains les plus cruels, les plus inquiétants, et les plus excentriques, de l'histoire de la Russie. La vie de ses cinquante millions de sujets fut bouleversée par son règne tyrannique.

Personne n'était à l'abri de son inquisition car il se mêlait de tout. Le tocsin et la cloche des pompiers sonnaient-ils à Saint-Pétersbourg ? Il donnait personnellement son avis sur la manière dont il fallait combattre l'incendie.

Le prince Youssoupov fut banni dans le Caucase à cause d'une amourette qui déplaisait à la mère du tsar.

La fille d'un courtisan fut maltraitée par son mari. Nicolas Ier fit annuler son mariage et décréta en public :

— Cette jeune femme est vierge et pure !

Sa police secrète, connue sous le nom de « Troisième Section », se montra d'une cruauté sans exemple. Ceux qui tombaient dans ses griffes ne reparaissaient plus. L'ère de terreur que connut alors la Russie se prolongea après la mort de ce souverain redoutable.

# 1

## 1889

La porte de la bibliothèque s'ouvrit doucement : Matthews, secrétaire particulier et intendant du duc de Ravenstock, traversa la pièce et s'arrêta non loin de la fenêtre près de laquelle se trouvait le bureau où son maître était en train d'écrire. Immobile et silencieux, il attendit respectueusement que celui-ci veuille bien remarquer sa présence. Au bout d'un moment, le duc leva la tête et demanda impatiemment :

— Eh bien, Matthews ?

— On vient d'apporter un cadeau, Votre Grâce. Il a été envoyé du château de Marlborough par Leurs Altesses Royales, le prince et la princesse de Galles !

Le duc posa sa plume et manifesta un certain intérêt :

— Qu'est-ce que c'est ?

— Un vase, Votre Grâce !

Le duc gémit :

— Encore un !

— Mais celui-ci est un véritable objet d'art,

c'est une pièce ancienne autant que j'aie pu en juger et en argent massif.

— Ce sera donc encore une lettre de remerciements que je devrai écrire de ma main.

— Je le crains, Votre Grâce !

— Je vais m'y mettre immédiatement. Je veux être libéré de ces corvées après mon mariage, je n'ai pas du tout l'intention de passer mon voyage de noces à écrire mon courrier.

— Dans le cas où Votre Grâce n'aurait pas achevé de rédiger ses remerciements avant la cérémonie, il est certain que les amis qui lui ont adressé ces cadeaux comprendront son retard.

Le duc sourit. Une expression charmante éclaira son visage grave.

« Rien d'étonnant, pensa Matthews, qu'avec tant de séduction, notre maître soit la coqueluche de ces dames ! »

De haute taille, large d'épaules, une silhouette d'une rare élégance, la taille bien prise, le duc était sans contredit l'homme le plus séduisant de Londres. Il en était aussi le plus controversé. Le récit de ses frasques n'était pas toujours du goût de la reine. Ses exploits sur les champs de courses et le récit de ses innombrables aventures féminines couraient la ville. On les colportait de bouche à oreille dans les salons de Mayfair et ceux des faubourgs. Les journaux les plus douteux racontaient ses fredaines dans leurs colonnes. Indifférent aux critiques, le duc s'amusait d'une notoriété que d'aucuns trouvaient de mauvais aloi.

Il jouait sur son nom, Raven[1], en choisissant

---

(1) Jeu de mot impossible à traduire, raven signifie corbeau.

le noir pour ses équipages et les casaques de ses jockeys. Aux courses c'étaient les cris : « Allez le noir, allez Raven ! » qui encourageaient ses chevaux. Son écurie comptait un grand nombre de favoris qui remportaient très souvent la victoire.

En ce qui concerne les femmes, elles paraissaient ne demander qu'une chose : justifier sa réputation de séducteur, elles se pressaient autour de lui, ravies par avance de succomber à ses attaques. Mais si ses amis admiraient l'irrésistible fascination qu'il exerçait, ses détracteurs fustigeaient ce qu'ils appelaient une « honteuse perversité ! »

Or, au moment où chacun désespérait de lui voir « faire une fin », il était tombé amoureux, à la surprise générale. Pendant des années, on avait spéculé sur son éventuel mariage : qui allait-il choisir ? Récemment encore, les gens s'interrogeaient. Plus jeune, il aurait pu se décider pour une débutante, mais à trente-quatre ans c'était bien peu plausible, d'autant qu'il ne paraissait guère attiré par les très jeunes filles et courtisait plutôt les femmes. Mais, dans le cas d'un mariage, laquelle choisir ? Une veuve ? Une jeune fille qu'un chagrin aurait détourné du monde pour un temps ?

On ne savait que penser. En attendant, le duc, loin de penser mariage, multipliait les aventures. On se souvenait encore, dans l'entourage du prince de Galles, de sa tumultueuse liaison avec la ravissante Lily Langtry à qui avait bientôt succédé la ravissante lady Brooke qui lui avait inspiré un amour passionné.

Quant aux actrices, aux dames d'honneur de la reine qui avaient été ses conquêtes, on ne les comptait plus. Mais, chaque fois, il provoquait des commentaires acerbes et des commérages désapprobateurs. Il ne se laissait pas troubler pour autant et continuait de naviguer avec désinvolture dans ces eaux mouvementées.

Comme souvent les gens trop recherchés, il était très blasé et se lassait d'autant plus vite de ses conquêtes qu'il les faisait plus facilement. Or, il aimait le plaisir de la chasse et était déçu de la trouver si facile, les proies ne se dérobaient pas, au contraire, elles accouraient au-devant du chasseur. Non seulement les belles ne le fuyaient pas, mais il semblait que c'était à qui serait sa prochaine victime. Il n'avait qu'à jeter sur l'une d'elles un regard enjôleur et des bras amoureux se tendaient aussitôt à sa rencontre. Décidément, c'était facile. Trop facile !

Un jour le prince de Galles l'avait interrogé :

— Enfin Ravenstock, quel est votre secret, quel charme avez-vous donc ?

— De l'insolence, Monseigneur !

Le prince avait souri.

— C'est une réponse qui vous va bien !

Cependant, plus les aventures du duc se multipliaient, plus elles étaient brèves. Un pli désabusé se creusait au coin de ses lèvres. Ses proches, ses amis, tous ceux qui lui portaient une affection sincère, se demandaient avec inquiétude comment tout cela finirait.

C'est alors que le duc rencontra lady Cléodel Sedgewick au cours d'une *party* donnée en l'honneur du prince de Galles au château de Warwick, non loin du domaine du comte de Sedgewick.

Le comte et la comtesse, accompagnés de leur fille, lady Cléodel, étaient au nombre des invités. Au dîner, le duc se trouva placé aux côtés de la jeune fille. Il fut immédiatement subjugué par son éclatante beauté, chose qui ne lui était plus arrivée depuis des années. En parlant avec elle, il apprit qu'un deuil récent avait empêché lady Cléodel de se montrer dans le monde jusqu'à ce jour. A dix-neuf ans passés, elle était légèrement plus âgée que les débutantes qui avaient été présentées à la cour au début du mois d'avril. Le duc sourit :

— Je pensais bien que vous étiez absente, sans quoi je vous aurais remarquée.

Elle le remercia du compliment.

— La salle du trône du palais de Buckingham est pourtant bien grande, comment m'auriez-vous remarquée dans la foule ?

Il sourit sans répondre. Il l'admirait. Sa beauté rayonnait dans la lumière des candélabres. De longs cils bruns, qui offraient un surprenant contraste avec sa chevelure d'or liquide, ombraient son regard clair. Elle lui confia qu'elle devait cette particularité, qui surprenait le duc, à un ancêtre irlandais.

Elle parlait d'une voix douce, au timbre ensorceleur, et il lui aurait immédiatement fait une cour empressée si elle n'avait été aussi jeune ; cependant, il s'entretint avec elle pendant tout le repas et n'adressa à son autre voisine que quelques paroles de courtoisie, ce dont elle lui marqua le plus vif dépit.

Après le repas, lorsque les hommes se dirigèrent vers le fumoir et les femmes vers le grand salon, le duc s'arrangea pour s'approcher de lady Cléodel. Il lui demanda la permission de lui rendre visite le lendemain.

Il avait l'habitude que l'on accueille d'enthousiasme cette sorte de proposition ; or, lady Cléodel fit une réponse extrêmement évasive qui ressemblait beaucoup à une dérobade :

— Il faut que je demande à ma mère si nous serons à la maison. Nous sommes très prises, même à la campagne !

Elle avait un ton désinvolte qui le surprit. Il s'assura que la comtesse consentirait à le recevoir. Mais, de retour à Londres, il dut se rendre à l'évidence : lady Cléodel était rarement disponible. Agacé par cette résistance, le duc s'attacha à fréquenter les réceptions où il savait qu'elle devait se rendre.

La plupart du temps, il était arrivé à obtenir des danses, mais, pour la première fois de sa vie, il avait dû s'inscrire sur un carnet de bal déjà très encombré et, un soir où il était arrivé plus tard, il ne put obtenir une danse : le carnet de bal était entièrement rempli.

Il ne se laissa pas décourager. Deux semaines plus tard, il obtint un rendez-vous, mais lady Cléodel s'y montra lointaine et insaisissable. Le duc cependant s'efforçait de multiplier les occasions de tête à tête avec celle dont il rêvait déjà de faire sa fiancée. Mais chaque fois qu'il l'approchait, elle s'arrangeait pour le tenir à distance. Elle ne disait pas qu'elle ne voulait pas l'embrasser, elle trouvait des prétextes pour ne pas le faire :

— Il ne faut pas que nous restions seuls, cela déplairait à ma mère, je vous en prie, laissez-moi ! (S'il devenait pressant, elle s'écartait :) Ma mère se fâcherait !

Or il brûlait d'obtenir un baiser :

— Votre mère ? Qu'en saurait-elle ?

— Je serais trahie tout de suite par ma chevelure en désordre et mes lèvres qui porteraient l'empreinte des vôtres !

— Je vous en prie ! Un seul baiser !

Elle répondit doucement :

— J'en ai envie autant que vous, mais ce ne serait pas bien et maman pourrait me punir en m'interdisant de vous revoir !

C'était, pour Raven, une expérience inédite. Comme il ne manquait pas d'humour, il se moquait de lui-même en se contentant d'effleurer les doigts délicats qu'on lui abandonnait au lieu des lèvres tant désirées.

Cependant, il se raisonnait :

« Elle est vraiment très jeune, il faut que je patiente, que je sois raisonnable ! »

Il y parvenait mal, tant il y avait de grâce dans les gestes de Cléodel, tant ses propos faisaient apparaître d'innocence et de fraîcheur. Lorsqu'il l'épouserait, car il y était résolu, il aurait tout à lui apprendre. Il s'en réjouissait et cette perspective attisait sa passion.

Les Sedgewick ne cachaient pas leur satisfaction à l'idée d'avoir bientôt pour gendre un homme de si haute extraction et aussi riche que le duc. Le comte, de son côté, s'il possédait plusieurs propriétés, n'était pas ce que l'on appelle un homme riche. Il avait toujours envisagé un parti avantageux pour sa fille car elle possédait une exceptionnelle beauté, mais jamais toutefois, il n'aurait imaginé qu'elle pût prétendre à une union aussi prestigieuse. Le duc, par son rang, était immédiatement au-dessous des princes de sang royal.

Si la famille Sedgewick était ravie de cette prochaine alliance, les relations et les amis du duc furent surpris et atterrés par cette nouvelle inopinée. Cependant ils gardaient le silence ; comment se seraient-ils permis une objection ?

Seul Harry Carrington, un intime du duc, avait osé dire le fond de sa pensée. Il avait appris les fiançailles à son retour d'Écosse où il était allé pêcher le saumon. Lorsque le duc l'informa de ses projets matrimoniaux, il s'esclaffa :

— Mais vous prétendez être un célibataire endurci ! Vous n'allez pas convoler en justes noces ! Vous aviez juré...

— Je sais tout ce que j'avais juré, mais je ne connaissais pas encore Cléodel !

— Je me suis laissé dire qu'elle était divinement belle, mais elle n'a que dix-neuf ans, n'est-ce pas un peu jeune ?

— Qu'importe ? (Le duc surprit le sourire qui se dessina alors sur le visage de son ami.) Je sais que j'étais hostile au mariage. Je redoutais l'ennui, je craignais aussi d'être trompé dès que j'aurais le dos tourné. Je parlais d'expérience. Combien de femmes de mes meilleurs amis ne m'ont-elles pas fait d'avances ?

— Raven !

— C'est vrai, j'ai toujours dit que le sort des maris n'était guère enviable, surtout celui des hommes faits qui choisissent des tendrons ! Je l'ai dit, je le confesse !

— Eh bien, mais...

— J'ai cessé de craindre ces avatars depuis que j'ai rencontré Cléodel. Elle est la pureté, l'innocence incarnées.

— Raven, admettons que cette femme vous soit fidèle, mais vous ? Comment renoncerez-vous à ces créatures de rêve qui ont peuplé votre vie jusqu'à présent ?

Le duc eut un geste de la main et fronça les sourcils :

— Épargnez-moi ces souvenirs. J'ai changé moi aussi. D'ailleurs ces femmes... vous savez que j'ai toujours détesté étaler mes *affaires de cœur*.

Harry acquiesça :

— C'est en quoi vous avez parfaitement raison. Mais tout de même, dites-moi en quoi Cléodel diffère des autres femmes ?

— Vous allez vous en rendre compte vous-même, répondit le duc. Si vous voulez, je vous la fais rencontrer ce soir-même.

— J'en serais ravi pour ma part !

Lorsque Harry se trouva en présence de Cléodel, il comprit ce qu'avait voulu dire son ami. Cléodel était belle, bien entendu, mais le duc avait rencontré des légions de femmes tout aussi superbes dans le passé, en revanche il y avait sur son visage juvénile un air adorable de candeur et de pureté. Son regard était limpide, ses propos désintéressés. On était loin avec elle de certaines femmes calculatrices qui avaient tenté de jeter leur dévolu sur le duc.

Raven prit le bras de son ami :

— C'est moi qui l'ai poursuivie, si tu savais...

Harry hocha la tête. Il était convaincu : son ami avait déniché un trésor. Il saurait vraisemblablement la protéger des avances que ne manqueraient pas de lui faire les autres hommes. De chasseur, Raven devenait garde-chasse, il allait découvrir le bonheur d'un attachement durable. Harry sourit à cette perspective, il avait une profonde amitié pour le duc et se réjouissait sincèrement.

Cependant, les Sedgewick, qui vivaient dans la crainte d'un revirement du duc, le poussèrent à écourter les fiançailles. Dans l'état d'esprit où il se trouvait, le duc ne mit pas d'obstacle à ce désir et l'on retint la dernière semaine de juin, juste avant la fin de la saison, pour la cérémonie. Quelques jours plus tôt se déroulerait la course du Royal Ascot, dans laquelle le duc avait engagé des chevaux.

On décida de célébrer le mariage dans la cathédrale Saint-George, à Hannover Square.

Entièrement absorbée par la préparation de son trousseau, Cléodel se faisait de plus en plus rare. Conscient de ses droits de fiancé, et de plus en plus épris, le duc se plaignait amèrement d'être délaissé.

Cléodel le rassurait gentiment :

— Mais je ne vous néglige pas du tout, Raven, au contraire ! Je surveille les couturières car je veux être digne de vous !

— Vous faites réellement votre trousseau en pensant à moi ?

— Mais bien entendu ! Je sais que vous êtes un homme de goût, mais aussi quelqu'un de difficile, j'ai peur de ne pas vous plaire suffisamment.

— Telle que vous êtes, je vous trouve parfaite et vous me plaisez infiniment. Je ne désire qu'une chose, ajouta le duc, vous épouser le plus vite possible, vous emmener avec moi, vous prouver à quel point je vous aime.

— C'est donc vrai ?

— N'en doutez pas, Cléodel ! Je ferai tout pour gagner votre amour, ce sera la plus merveilleuse entreprise que j'aie jamais envisagée.

Il parlait avec une sincérité qui le surprit lui-même. Il s'approcha de Cléodel, la prit dans ses bras et l'embrassa doucement, maîtrisant la hâte qu'il éprouvait, de crainte de lui déplaire ou de l'effrayer. Ne lui avait-elle pas demandé à plusieurs reprises d'attendre ? Cette fois encore, elle s'écarta.

Il la rassura aussitôt :

— Ne craignez rien, je ne ferai rien qui puisse vous choquer, ma chérie.

— Ce n'est pas ce que je redoute, répondit Cléodel en rougissant, mais jamais personne ne m'a encore embrassée... j'ai l'impression que vous allez me garder prisonnière... que je ne suis plus moi-même.

— C'est moi qui suis votre prisonnier, mon amour, mais ne craignez rien, je saurai modérer mes élans.

Il lui embrassa les mains. Il n'avait jamais rencontré de femme plus attirante ni plus farouche.

Depuis l'annonce de ses fiançailles, ses anciennes conquêtes se déchaînaient :

— Raven a été le don Juan le plus fascinant de Londres, mais qu'il est ennuyeux depuis qu'il se veut fidèle, siffla l'une d'elles.

— C'est vrai, ajouta une autre, mais tous les espoirs sont permis. Cette petite oie à peine sortie de l'école ne fera pas long feu. Je lui donne jusqu'à Noël !

— Je parie tout ce que vous voulez qu'il en sera fatigué bien avant, renchérit une autre, plus acerbe.

Les qualités de Cléodel faisaient l'unanimité. Harry était le seul à ne pas l'admirer. Toutes ses préventions contre elle lui étaient revenues. Trop plein de tact toutefois pour s'en ouvrir au duc, ou même à l'un de ses proches, certain que tout ce qu'il pouvait dire de la future duchesse serait mal interprété et répété à qui de droit, il ressentait un malaise constant en présence de la jeune fille : il lui trouvait de l'affectation. Il estimait que cette innocence affichée manquait de naturel et de spontanéité.

Le duc quant à lui nageait dans le bonheur : il comptait avec impatience les heures qui le séparaient de son prochain rendez-vous comme un collégien à son premier amour.

L'hôtel particulier du duc, à Park Lane, était plus grand et plus beau que celui du comte et de la comtesse dans Green Street. On le choisit donc, au lieu de celui de la fiancée, pour y donner la réception qui suivrait le mariage. Le duc organisa tout jusqu'aux moindres détails : les invités seraient reçus dans l'immense salle de bal qui donnait sur le parc. Les cadeaux seraient exposés dans la galerie des portraits. Des gerbes de fleurs fraîches, en provenance directe de ses propriétés à la campagne, décoreraient les appartements.

Mais, en dépit de la taille imposante de l'hôtel, il ne pourrait contenir la foule des invités et de ses gens : fermiers, régisseurs, jardiniers ; aussi décida-t-il d'organiser une seconde réception à la campagne. Cette fête se déroulerait après celle de Londres. Le duc et sa femme se rendraient à Ravenstock par train spécial aussitôt après la fin de la réception de Park Lane. La fête s'achèverait, après le traditionnel discours de remerciement prononcé par le duc, par un magnifique feu d'artifice.

La nuit de noces aurait donc lieu à Ravenstock et non à Londres, dans la demeure ancestrale. Le duc y songea avec plaisir, il y voyait un heureux présage et lui qui, jusqu'à présent, ne s'était guère soucié de l'idée d'une descendance, imaginait déjà que ce serait dans cette demeure qu'il concevrait ses fils.

En attendant, il souffrait toujours des froideurs de sa fiancée. A un bal, auquel ils assistaient, il l'avait implorée :

— Dites-moi au moins que vous m'aimez !

— Je vous ai donné mon cœur !

— Ma vie ne suffira pas pour l'adorer.

Une autre fois, il commença un poème qui célébrait sa beauté. Il envisagea de le lui faire porter avec une gerbe de lys à Sedgewick House. Il voyait dans le lys non seulement un symbole de la pureté, mais aussi une image de la jeunesse de sa fiancée. Il travaillait à la composition du poème, lorsque Matthews entra. Il s'interrompit :

— Qu'y a-t-il encore ?

— La comtesse douairière de Glastonbury vient d'arriver.

Le duc se leva précipitamment.

— Ma grand-mère ! J'ignorais qu'elle devait venir ! Je veux la voir tout de suite !

Il abandonna sa lettre et se rendit au salon où la comtesse avait été introduite.

A quatre-vingts ans, elle avait encore une allure superbe et son visage avait conservé quelque chose des grâces de la jeunesse. Le temps en avait affiné les lignes sans le creuser cruellement ni accuser les rides, il en avait respecté toute la noblesse. Les cheveux, d'un blanc très pur, étaient beaux et abondants et le sourire très agréable.

Lorsque le duc entra, elle lui ouvrit les bras. Il la serra contre son cœur.

— Grand-maman, j'ignorais que vous deviez entreprendre le voyage de Londres ! Pourquoi ne m'avez-vous pas prévenu ?

— Je me suis décidée au dernier moment, tu me connais : je suis incapable de résister à une invitation de la reine à Windsor, et elle me convie aux courses d'Ascot.

Après l'avoir embrassée, le duc la fit asseoir à ses côtés. Il lui tenait les mains et la regardait, une lueur malicieuse au fond des yeux.

— Vous avez trouvé un bien mauvais prétexte, grand-maman ! Avouez tout ! N'est-ce pas plutôt pour voir ma fiancée que vous êtes venue jusqu'ici ?

La comtesse répondit :

— Évidemment ! Je me demande à quoi peut ressembler la jeune fille qui a conquis mon

Casanova ! Toi qui résistes à tant de belles et depuis si longtemps, te voilà pris. Je grille de curiosité !

— C'est vrai, j'ai succombé !

— Je n'arrive pas à le croire.

Le duc lui baisa la main avant de répondre :

— Je saurai vous convaincre, grand-maman, ou plutôt c'est ma fiancée elle-même qui le fera. En attendant, j'ai le bonheur de vous voir, je suis ravi de votre venue. Naturellement, vous restez avec moi ?

— Connais-tu un endroit plus agréable à Londres ?

— Vous me flattez.

La douairière le regarda attentivement. Ses yeux pétillaient de malice :

— C'est donc bien vrai que tu t'es laissé prendre ?

— Dès que vous aurez vu Cléodel, vous comprendrez.

— Peut-être... Mais si tu es aussi épris que tu veux bien le dire, peux-tu m'expliquer ce que va devenir le pirate qui était en toi, le don Juan qui faisait des ravages ?

Le duc sourit.

— Grand-mère, vous avez une façon de voir les choses qui m'amuse. Personne ne m'a jamais parlé comme vous. Mais si vous voulez tout savoir, le pirate a baissé pavillon. C'est dit, je me range !

— Je n'en crois pas mes oreilles. Il y avait tant de femmes qui meublaient ta vie.

— Désormais, il y a Cléodel.

Un domestique, qui apportait le thé, interrompit leur conversation.

Le duc parla ensuite des cadeaux qu'il recevait et du voyage qu'il projetait pour sa lune de miel.

La comtesse douairière écoutait attentivement les explications que lui donnait son petit-fils. Tout comme Harry, elle se demandait comment, après avoir eu à ses pieds les femmes les plus célèbres, les plus spirituelles et les plus belles de Londres, Raven avait succombé aux charmes d'une si jeune fille. Elle était très certainement adorable, mais qu'avait-elle à offrir hormis son charme et son inexpérience ? Et il prétendait que c'étaient précisément cette candeur et cette innocence qui l'avaient conquis.

« Si encore Raven était plus âgé, pensa la comtesse, je le comprendrais de s'enticher d'une toute jeune fille car il n'est pire fou qu'un vieux fou, mais à trente-quatre ans, il n'a pas l'âge encore de succomber au démon de midi ! (Elle poussa un soupir et se replongea dans ses réflexions.) Après tout, l'essentiel est qu'il soit heureux, qu'importe la manière dont il s'y prend. »

La comtesse aimait profondément Raven, qui était le préféré de ses petits-enfants. Dès l'enfance il l'avait amusée par son caractère impétueux et ses espiègleries. Elle-même avait été élevée d'une manière extrêmement rigoureuse pendant la régence et elle appréciait une forme d'esprit qui égayait la grisaille solennelle et l'ennui distillés par l'époque victorienne.

Elle s'était toujours dit que le duc aurait été plus heureux sous le règne de George IV. Lorsque l'on critiquait la conduite de son petit-fils devant elle, elle prenait sa défense, estimant que ses aventures apportaient un peu de sel à une époque prude, pudibonde, hypocrite et ennuyeuse.

Un jour, l'un de ses petits-fils s'était déclaré choqué par la conduite de Raven; elle avait répondu, en le toisant dédaigneusement :

— L'ennui, c'est que vous êtes jaloux de lui ! Si vous aviez la moitié de son charme et de son audace, vous agiriez comme lui. Mais, tel que vous êtes, vous ne pouvez évidemment que grimacer et l'envier bêtement !

Le duc avait tant de choses à dire à sa grand-mère qu'il lui tint compagnie jusqu'à ce qu'elle se retire dans ses appartements. Il lui restait peu de temps pour s'habiller avant la soirée qu'il devait passer au château de Marlborough. Resplendissant dans son habit, avec ses décorations, il se préparait à partir lorsqu'il se souvint de la lettre qu'il avait commencé d'écrire à Cléodel. Son domestique avait dû préparer le bouquet de lys qu'il avait demandé.

Il se rendit dans la bibliothèque, écrivit quelques lignes pour achever sa lettre en renouvelant ses déclarations d'amour. Il cacheta l'enveloppe, prit le bouquet, il allait les remettre à un domestique pour les faire porter chez Cléodel lorsqu'il se ravisa: il avait une meilleure idée. Comment n'y avait-il pas pensé plus tôt ?

Sur le chemin du château de Marlborough, la pensée de Cléodel l'occupa constamment. Il l'avait à peine aperçue ces jours derniers; la veille, il avait fait avec elle une courte promenade dans le parc, dans la soirée il avait dansé avec elle, mais jamais il n'avait eu l'occasion d'un tête-à-tête. Il n'avait, bien entendu, pas obtenu le moindre baiser.

Il se sentit submergé de désir. Exalté par la fraîcheur de Cléodel, il la voulait. Sa jeunesse, son inexpérience, son innocence l'attiraient. Elle paraissait froide, mais il se promettait d'éveiller le désir en elle. Il saurait faire éclore la femme de la chrysalide. Cette perspective le transportait et il était encore plongé dans son rêve lorsque sa voiture s'arrêta : il était arrivé à Marlborough.

Son cocher attendait ses ordres :

— Il y a une gerbe de fleurs et une lettre sur la banquette, n'y touchez pas, et venez me reprendre dans trois heures !

— Je n'y manquerai pas, Votre Grâce !

Le duc fut accueilli par le prince de Galles et plusieurs de ses amis. Un essaim de femmes, toutes plus jolies les unes que les autres, l'entoura aussitôt. En d'autres temps, il aurait jeté son dévolu sur l'une d'elles ; ce soir-là, il était exclusivement occupé par la pensée de sa fiancée.

Les soirées au château de Marlborough étaient toujours joyeuses et animées, les mots d'esprit fusaient. Le duc se trouva placé, à table, à côté d'une de ses anciennes maîtresses. Elle l'attaqua sans attendre :

— On raconte que tu as acheté une conduite et que tu te fais ermite ?

— Le croiras-tu si je te réponds oui ?

— J'ai toujours entendu dire qu'un léopard ne se débarrassait jamais de ses taches.

— Tu mélanges les métaphores, Kitty, répliqua le duc, et, cette fois, tu te trompes.

— Mais c'est affreux, si c'est vrai ! Tu deviendrais vraiment le défenseur de la veuve et de l'orphelin !

Le duc ne put s'empêcher de sourire.

— En ce qui concerne les veuves, je n'avais pas tant la réputation de les défendre que de les attaquer.

— C'était bien dans ton caractère !

Raven sourit à nouveau.

— Mais en ce qui concerne les orphelins, je n'ai pas que je sache d'enfants abandonnés sur la conscience.

— C'est peut-être dommage, répliqua Kitty avec une ombre de nostalgie. (Et, changeant de ton, elle ajouta :) Dis-moi ce que ce petit modèle de vertu a de plus que celles qui t'ont aimé depuis si longtemps ?

— Cléodel est l'être le plus adorable que je connaisse.

Kitty gémit :

— Piètre consolation pour moi !

Cette joute oratoire se poursuivit jusqu'à la fin du repas. La soirée se termina peu avant minuit car, en présence de la princesse, on ne jouait pas aux cartes.

Au moment de prendre congé, le prince de Galles interrogea le duc :

— Pensez-vous gagner la « Coupe d'or », Raven ?

— Je l'espère, Monseigneur !

— Sacrebleu ! Mes chevaux n'ont alors aucune chance !

— Je n'ai pas dit cela !

— Comme si je ne savais pas que la chance vous a toujours souri. (Le prince prit Raven par l'épaule, en s'avançant vers la porte :) Je ne veux pas perdre votre amitié, Raven ! Je souhaite qu'après votre mariage vous veniez avec la duchesse à Sandringham pour l'ouverture de la chasse.

— Ce sera un très grand honneur pour nous.

— Eh bien, je compte sur vous et vous réaliserez le meilleur tableau comme d'habitude, n'est-ce pas ? ajouta le prince.

— Je m'efforcerai de n'en rien faire, répondit le duc en prenant l'air déconfit.

Ils éclatèrent de rire.

Le duc donna l'ordre à son cocher de le conduire à Green Street. Devant la maison de Cléodel, il fit arrêter et descendit de voiture, portant la lettre et le bouquet de lys.

— Vous pouvez rentrer à présent, je reviendrai à pied, lança-t-il au valet.

Imperturbable, le domestique s'inclina. Le duc attendit que sa voiture ait disparu. Il se retrouva seul devant l'hôtel des Sedgewick. Un assez grand parc entourait la maison. Il la connaissait bien pour y avoir dansé. Une grille donnait accès au corps principal des bâtiments mais elle était fermée à clef. Il contourna le parc par derrière et se dirigea vers les dépendances. De ce côté, le mur était moins élevé. De plus, Raven était un athlète accompli. Il s'éleva par-dessus l'obstacle, à peine gêné par son habit, et retomba de l'autre côté, dans la propriété.

Il s'avança avec précaution le long des massifs qui croissaient près du mur, traversa le jardin, s'avança jusqu'à la pelouse. La maison des Sedgewick dressait devant lui son architecture baroque.

Il en connaissait bien l'ordonnance intérieure. Au rez-de-chaussée, la salle à manger, tout en longueur, manquait d'attrait, mais un salon lui succédait, ouvrant sur le jardin par trois fenêtres à la française. Venait ensuite un boudoir où il avait été parfois autorisé à passer quelques moments en compagnie de Cléodel.

Au premier étage, la chambre de Cléodel, donnant sur le balcon, réplique exacte de celui qui s'avançait devant la chambre de sa mère, à l'autre extrémité du bâtiment.

Le duc avait un jour plaisanté devant le balcon, assurant que c'était l'endroit idéal pour jouer les Roméo. Cléodel l'avait regardé avec inquiétude :

— Je ne crois pas que ma mère apprécierait cette sorte de plaisanterie.

— C'est pourtant tellement romantique, d'escalader un balcon, et je me sens l'âme de Roméo quand je vous vois !

Cléodel lui avait jeté un long regard avant de répondre :

— Un peu de romantisme ne serait pas fait pour me déplaire. J'aimerais que vous soyez mon chevalier et que vous combattiez les dragons pour moi !

— Je le ferais bien sûr, si l'occasion s'en présentait, et je vous assure que les dragons qui auraient affaire à moi passeraient un mauvais quart d'heure !

— Que je vous aime ainsi, répondit doucement Cléodel.

Le duc songea que l'idée de déposer la lettre et le bouquet sur le balcon était suffisamment romantique pour séduire Cléodel. Et il ne lui serait pas difficile de grimper le long du mur du salon. De là, ce serait un jeu d'enfant d'enjamber la balustrade.

Avec une autre, il n'eût pas hésité à se faire reconnaître et, sans doute, l'aurait-on invité à entrer. Il pesa le pour et le contre. L'envie le tenaillait de lancer des cailloux contre la porte-fenêtre de Cléodel. Il y avait peu de risque d'éveiller la mère de la jeune fille, dure d'oreille, et dont la chambre se trouvait de l'autre côté de la maison.

Indécis sur ce qu'il allait faire, il reprit sa marche vers le balcon. La façade lui apparaissait, baignée dans le clair de lune.

Brusquement, il s'arrêta. Un instant, il se crut le jouet d'une illusion et écarquilla les yeux. Mais il ne rêvait pas : un homme gravissait une échelle appuyée contre le balcon de Cléodel. Il était alerte et parvint rapidement à la balustrade qu'il enjamba.

« J'arrive à temps, songea le duc, et je vais pouvoir jouer le rôle du preux chevalier dont ma fiancée rêvait pour moi. Je vais pourfendre le misérable qui se prépare à dévaliser une maison paisible ! »

Il s'avança prestement. Il remarqua alors que le cambrioleur portait un habit de soirée, ce qui n'était pas ordinaire, et, lorsque le malfaiteur se retourna pour prendre pied sur la terrasse, son visage apparut dans la lumière. Le duc s'immobilisa, stupéfait. L'homme qu'il avait pris, dans les ténèbres, pour un malandrin, était un membre de son club, l'un de ses amis, avec lequel il avait bu encore la veille au soir. Il avait levé son verre et lui avait souhaité bonne chance :

— Que le sort vous soit toujours favorable, Raven !

Le duc l'avait remercié de ses vœux, et maintenant il voyait sous ses yeux ce même Jimmy Hudson escalader les fenêtres de sa fiancée ! Il crut rêver. A ce moment, la porte-fenêtre de la chambre de Cléodel s'entrouvrit : Cléodel, alertée par le bruit, sortit ; elle allait trembler de frayeur en se trouvant en tête-à-tête avec un inconnu. Le duc bondissait déjà vers l'échelle pour voler à son secours et confondre l'acte inqualifiable que s'apprêtait à commettre Jimmy lorsqu'il découvrit que, bien loin de manifester la moindre inquiétude, Cléodel se précipitait dans les bras de l'intrus et l'embrassait avec passion.

Cloué par la stupeur, le duc se figea, lui qui n'avait jamais pu obtenir un baiser de cette femme qui soutenait n'en avoir jamais reçu !

Baignée par la clarté du clair de lune qui jetait sur elle des rayons brillants, sa fiancée lui parut alors plus belle et plus pure que jamais. A l'instant où elle le trahissait, un sourire céleste se dessinait sur son visage candide. Cette vision dura un moment, après quoi, le couple disparut dans la chambre dont la porte-fenêtre se referma.

L'échelle abandonnée contre le mur prouvait au duc qu'il n'avait pas rêvé.

## 2

Pendant quelques instants, qui lui parurent une éternité, le duc demeura glacé, les yeux rivés sur la chambre. La vie lui revint lentement. Les pièces du puzzle, que tout d'abord il ne comprenait pas, se mirent en place et il se rendit compte de quelle manière on s'était joué de lui.

Sa vive intelligence se doublait d'une mémoire peu commune. A Eton puis à Oxford, il avait amassé sans peine les plus hautes récompenses — il avait remarqué qu'en travaillant un minimum il passait ses examens haut la main. Ces qualités lui servaient à présent et certains détails de son aventure avec Cléodel lui revenaient à la mémoire avec une étrange précision.

Un jour, au château de Warwick, Jimmy Hudson lui demanda de lui laisser gagner une course :

— Je t'en prie, Raven, sois généreux.

— Mais...

Jimmy avoua brusquement :

— Je cours sur un cheval du comte de Sedgewick.

Le duc commençait à comprendre pour quelle raison son ami le priait de se retirer :

— Quel est l'enjeu ? demanda-t-il.

— Mille livres, une coupe d'argent et un cœur, répondit Jimmy d'un ton enjoué.

Le duc accepta de retirer ses chevaux, en pensant que les mille livres avaient plus d'importance que le cœur pour son ami.

En effet, Jimmy Hudson, fils d'un nobliau de province, était peu fortuné. Il avait quitté l'université pour s'engager dans les Gardes. Très vite, il avait compris que, sans argent, il n'arriverait à rien, aussi avait-il décidé de se lancer dans la vie mondaine pour dénicher une héritière.

Il obtint une lettre de recommandation pour un salon en vogue, tenu par la mère de deux filles assez insignifiantes mais très richement dotées. Jimmy pensait avoir ses chances. D'agréable prestance, il était séduisant, et possédait une élégance traditionnelle qui avait son charme. Quand il voulait s'en donner la peine, sa compagnie était très agréable car il ne manquait pas d'esprit, aussi les femmes le recherchaient-elles. Cette fois, les deux héritières se montrèrent complètement insensibles à sa séduction et c'est la mère qui tomba amoureuse de lui.

Jimmy vit tout de suite le parti qu'il pouvait tirer de cette situation. Et, bientôt, grâce à elle, il fut reçu partout et accéda aux sphères les plus recherchées : celles où l'on rencontrait le prince de Galles. Il sut faire sa place dans ce cercle exclusif et jaloux de ses privilèges. Sa réussite dépassait tout ce qu'il avait espéré et comblait ses rêves les plus fous.

Comme il était spirituel, gai et capable d'animer les fins de dîners les plus moroses, il devint un habitué du château de Marlborough car le prince de Galles attirait tous ceux et toutes celles qui étaient susceptibles de le distraire. Jimmy entra dans cette société. C'était la consécration de sa réussite.

Dès lors, les cartons d'invitation s'accumulèrent sur le manteau de sa cheminée. Ce fut au point que, parfois, il n'avait pas le temps de répondre à tous.

Ses gains aux cartes lui permirent de régler quelques factures en souffrance chez son tailleur et de donner de fastueux pourboires aux serviteurs des maisons dans lesquelles il était reçu. Pour le reste, il faisait peu de dépenses.

Les femmes trouvaient en lui un amant dont l'ardeur les comblait. Reconnaissantes, elles le couvraient de cadeaux de prix : boutons de manchettes, épingles de cravate, étuis à cigarettes, le tout en or ou en argent, toutes choses que son modeste compte en banque ne lui aurait pas permis de s'offrir.

Comme le duc, jusqu'à ce qu'il rencontre Cléodel, Jimmy se voulait célibataire endurci. Pas question de se limiter à l'amour d'une seule femme au moment où s'ouvraient devant lui la plupart des salons de Mayfair, alors que les boudoirs les plus raffinés lui étaient accessibles et qu'il naviguait dans la meilleure société, multipliant les conquêtes à la surprise de ses amis. Lui-même d'ailleurs s'étonnait de son propre succès.

Frappé par tout ce qui lui revenait à présent en mémoire, le duc se rendait compte que Jimmy connaissait certainement Cléodel depuis longtemps, il avait dû la rencontrer bien avant ce steeple-chase organisé chez le comte de Sedgewick. Et c'était lui, certainement, qui avait mis au point un plan machiavélique : séduire Cléodel et lui montrer de quelle manière attirer dans ses filets le parti le plus prestigieux d'Angleterre.

Pourquoi Jimmy aurait-il agi de la sorte, sinon pour en tirer profit ? C'était l'intérêt qui guidait la plupart des actions de Jimmy, tout le monde le savait. Peu lui importait sans doute la conquête de Cléodel : elle était d'une beauté remarquable, certes, mais loin d'être assez riche pour satisfaire Jimmy.

Il ne chassait pas dans ces eaux-là d'habitude. De plus, Jimmy s'était introduit dans l'intimité du duc, il avait appris à le connaître, ils avaient échangé leurs idées sur les femmes. Le duc lui avait confié plusieurs fois combien la conquête facile lui gâchait le plaisir de la chasse. Il se souvenait qu'un jour il avait dit à Jimmy :

— C'est un jeu, bien sûr, mais fichtre, j'aimerais bien que la conquête en vaille la peine. C'est tout de même trop facile !

Jimmy avait renchéri :

— C'est au point que j'ai parfois l'impression d'être un renard poursuivi par une meute.

— Et que c'est ennuyeux, n'est-ce pas ?

Ils en avaient souri ensemble.

Mais au cours de ces conversations, Jimmy avait appris à connaître le duc, ses goûts, ses penchants. Il savait qu'il ne résisterait pas à l'attrait d'une expérience inédite. Il avait tout manigancé avec Cléodel : la manière dont elle avait freiné ses avances, la froideur avec laquelle elle avait accueilli ses élans, il avait certainement combiné aussi cette nuit où il n'avait pu obtenir une danse. Donc, au départ, ils étaient sûrement d'accord tous les deux pour le duper. Mais cela n'expliquait pas tout, car le duc avait vu Cléodel s'élancer dans les bras de Jimmy. Rien ne l'y forçait. Seulement, elle avait dû tomber amoureuse de son professeur en perfidies.

Oui, elle aimait Jimmy et elle se jouait de Raven.

Il trembla de rage à la pensée d'avoir été manipulé et d'être tombé dans un piège si grossier. Il faillit escalader le balcon, faire irruption dans la chambre et châtier les coupables pris en flagrant délit. Il se contint cependant. Ce serait là une vengeance vraiment banale et qui le couvrirait de ridicule. Il ne tenait pas à ce que la ville et la cour fussent informées de sa mésaventure et c'est ce qui se produirait s'il cédait à son impulsion. Il réfléchit à ce qu'il devait faire : peut-être se taire, feindre de tout ignorer et épouser Cléodel malgré tout. Il rejeta cette hypothèse avec violence. C'était impossible !

« Que je sois damné si j'ai la faiblesse d'épouser une femme qui se conduit comme le fait Cléodel en ce moment ! »

La douleur l'aveugla. Un voile tomba devant ses yeux, il vit la maison, la chambre et le balcon d'un rouge éclatant, comme s'ils étaient couverts de sang. Il suffoquait. Il reprit péniblement ses esprits. Il ne voulait pas se laisser égarer par la souffrance. Il devait se venger, mais d'une manière plus subtile. Il devait frapper Cléodel et Jimmy comme ils l'avaient frappé lui-même.

Un plan s'ébaucha dans sa tête. Il reprit son calme et se dirigea lentement vers le mur du parc.

Comme il l'avait supposé, la porte de derrière s'ouvrait de l'intérieur : il sortit. La rue était déserte. Il marcha d'un bon pas. Puis il se rendit compte qu'il tenait toujours sa lettre et son bouquet. Il déchira la lettre, dernière marque d'un amour qui venait de mourir, il brisa les tiges délicates et écrasa les fleurs odorantes avant de les pousser du pied au milieu des ordures.

Des plis cyniques vieillissaient son visage.

Le duc possédait un yacht toujours prêt à lever l'ancre et, dans les heures qui suivirent, il traversa le *Channel* et accosta sur les côtes de France.

En rentrant chez lui, à travers les rues obscures, le plan que le duc avait conçu sous le balcon de Cléodel prit sa forme définitive. Il était plus de minuit lorsqu'il regagna son hôtel. Il fit réveiller Matthews par le gardien de nuit. Le secrétaire le rejoignit dans la bibliothèque.

Comme un général sur le champ de bataille, il donna des ordres brefs et précis qui tinrent ses gens éveillés toute la nuit. On boucla ses bagages, un courrier partit pour Douvres, un autre pour la gare où l'on accrocha le wagon du duc au premier train qui devait quitter Londres.

Pendant que cette organisation se mettait en place, le duc prit quelques heures de repos dans sa chambre, puis il se changea et il descendit prendre un petit déjeuner léger.

Un pli amer, que ses serviteurs ne lui avaient pas vu depuis qu'il avait rencontré Cléodel, marquait son visage.

Matthews remit au duc son passeport et l'énorme somme d'argent liquide qu'il avait réclamée, mais il était tellement troublé par ces préparatifs inattendus qu'il se permit de dire respectueusement :

— Puis-je demander à Votre Grâce ce que je devrai répondre à tous ceux qui me questionneront sur son absence ?

— Rien du tout ! Vous envoyez à la *Gazette*, au *Times* et au *Morning Post* le texte de l'annonce que j'ai rédigée indiquant que mon mariage avec lady Cléodel a été ajourné. Il n'y a rien à ajouter. Pas un mot.

Matthews était nerveux :

— Rien, Votre Grâce ?

— Rien !

— Pas une explication ?

— Pas une !

— Cependant si lady Cléodel ou le comte... commença Matthews.

Le duc l'interrompit :

— Vous m'avez entendu, Matthews, aucun commentaire ! C'est un ordre !

— Bien, Votre Grâce !

Le duc n'ajouta rien et se dirigea, à pas pressés, vers la calèche qui l'attendait pour le conduire à la gare.

Le voyage en train fut rapide ; la traversée de la Manche, brève et sans histoire. Un courrier attendait le duc à Calais et il fut escorté par une personnalité des chemins de fer français jusqu'au wagon-salon accroché à son intention à l'express de Paris.

Il passa la nuit dans son hôtel des Champs-Élysées qui était constamment prêt à recevoir sa visite et, le lendemain matin, une voiture attelée de quatre chevaux de race l'emportait en direction de Versailles. Mais ce n'était pas pour visiter le château historique des rois de France : il fit arrêter dans un petit village, devant l'entrée du couvent du Sacré-Cœur. Ce n'était pas un endroit où l'on s'attendait à voir un homme de sa réputation et, cependant, son arrivée ne provoqua aucun étonnement. Une jeune couventine ouvrit le lourd portail devant lequel il se présenta, elle le conduisit à travers le cloître et s'arrêta sur le seuil d'une salle donnant sur le jardin.

Le soleil jouait sur les meubles anciens, patinés. Près de la fenêtre entrouverte se tenait une femme vêtue d'une robe blanche.

La couventine annonça :

— Sa Grâce, le Duc, Révérende Mère !

Du fond de la pièce, la Mère supérieure poussa un cri de joie et s'avança, les bras tendus, vers le duc qu'elle embrassa tendrement.

— Raven ! Comme je suis heureuse de te voir ! Je te croyais trop absorbé par les préparatifs de ton mariage pour venir à Paris, sinon en voyage de noces.

A ces mots, le visage de son frère se crispa. Elle l'observa un moment avant de demander d'une voix inquiète :

— Que se passe-t-il ? Quelque chose ne va pas ?

— C'est ce que je suis venu t'expliquer, Marguerite ! Mais toi-même, comment vas-tu ? Asseyons-nous, veux-tu, nous serons plus à l'aise pour parler.

— Bien sûr, mon cher Raven, mais auparavant, je vais faire apporter du vin et les biscuits que tu aimes tant et qui sont une spécialité du couvent. Tu ne les a pas oubliés, n'est-ce pas ?

Amusé, le duc ne put s'empêcher de sourire. Il était d'ailleurs bien inutile de refuser cette proposition : une couventine apportait déjà un plateau chargé d'une bouteille, de verres, et d'un grand plat rempli de gâteaux.

Après l'avoir posé près du canapé où le duc et sa sœur avaient pris place, elle s'éloigna. Sur le seuil de la porte, elle leur adressa une révérence et sortit, les laissant en tête-à-tête.

Le duc regarda sa sœur, elle avait quinze ans de plus que lui mais son visage n'avait rien perdu de la beauté et de la fraîcheur qu'il lui avait connues au temps de ses débuts, lorsque leurs parents espéraient qu'elle ferait un brillant mariage, elle qui était leur fille unique. Pour l'aider à faire son choix, ils avaient organisé un grand bal qui avait réuni non seulement l'élite des jeunes aristocrates de la région, mais aussi nombre d'héritiers des monarchies régnantes et de princes étrangers.

Lady Marguerite ne fut pas attirée par d'aussi prestigieux partis et son choix se porta sur le fils aîné de lord Landsdown. Sans être très brillante, la famille était plus qu'honorable. Les jeunes gens étaient amoureux l'un de l'autre. Sensiblement plus âgé que lady Marguerite, Arthur s'était fait un nom dans l'armée. On ne lui connaissait pas d'aventures féminines et il avait jusqu'alors consacré le plus clair de son temps à son régiment.

A l'instant où il vit lady Marguerite, il sut qu'elle était la femme de sa vie et que son cœur était pris pour toujours.

Le duc et la duchesse acceptèrent l'idée de ce mariage. On convint qu'il aurait lieu six mois plus tard. Éperdue de bonheur, Marguerite, qui était prête à consentir à tout ce qu'on voulait, pour peu qu'on lui laissât épouser l'homme que son cœur avait choisi, accepta ce délai de bonne grâce.

En attendant le mariage, elle rencontra fiancé chaque fois que les obligations de l militaire le lui permettaient.

Deux mois avant le mariage, Arthur Landsdown fut détaché en mission spéciale au Soudan où des troubles avaient éclaté. C'était une banale mission de routine qui ne devait pas retarder la cérémonie. Mais Arthur ne revint jamais, il fut poignardé par un fanatique qui se jeta sur lui dans un moment de démence.

A la nouvelle de la mort de son fiancé, lady Marguerite crut que le monde s'effondrait. Elle se referma sur elle-même et refusa les consolations de sa famille. Tous les endroits où elle était allée avec son fiancé lui faisaient horreur désormais, si bien que, malgré l'insistance de ses proches, elle quitta l'Angleterre et se réfugia dans un couvent, en France.

L'Église catholique l'accepta dans sa communauté et, en dépit des supplications de ses parents qui lui demandaient d'attendre et de laisser le temps cicatriser sa blessure, elle prononça ses vœux et entra dans les ordres avant son vingt et unième anniversaire.

Son intelligence et sa fortune l'aidèrent à supporter les épreuves de la vie religieuse, elle devint bientôt la Supérieure du couvent qu'elle avait acheté dans les environs de Paris.

Elle y accueillait de jeunes aristocrates désireuses de prononcer leurs vœux ainsi que d'autres dont l'Église souhaitait prolonger le noviciat afin de leur laisser le temps de la réflexion avant d'accepter de manière irrévocable la vie de prière et de chasteté à laquelle elles étaient destinées.

Son œuvre reçut la bénédiction du cardinal-archevêque de Paris ainsi que de Sa Sainteté et des prélats du Vatican.

Le duc découvrit qu'au sein de l'Église sa sœur accomplissait une œuvre remarquable. Non seulement elle offrait à celles qui, comme elle, cherchaient à fuir le monde, une chance de servir Dieu, mais, de plus, elle s'efforçait de cultiver leurs talents.

Plusieurs couventines manifestaient des dons évidents ; lady Marguerite les encourageait à développer leurs aptitudes. C'est ainsi que certaines avaient écrit des livres que la critique avait salués élogieusement, d'autres, moins intellectuelles, avaient retrouvé d'anciens procédés de broderie, d'autres encore faisaient de la dentelle : toutes ces activités rendirent célèbre le couvent du Sacré-Cœur.

A chacune de ses visites, le duc reconnaissait qu'en dépit des critiques de la société à laquelle ils appartenaient tous deux sa sœur avait trouvé la paix et un bonheur inespéré. De plus, sous son impulsion, les affaires du couvent florissaient.

Sa vocation avait développé chez elle une compréhension profonde des êtres ainsi qu'une grande indulgence. Le duc avait toujours su que, si un jour le destin le frappait, il trouverait auprès de lady Marguerite le réconfort et le secours qu'il pouvait attendre d'elle.

C'était ce qu'il était venu chercher aujourd'hui.

Lady Marguerite saisit le carafon de cristal et versa un peu de vin dans le verre de son frère. Elle se tourna vers lui et demanda avec sollicitude :

— Qu'est-il arrivé, Raven ?

— Je ne veux pas en parler maintenant. Je suis venu te demander de me trouver une épouse chaste et pure !

Lady Marguerite ne lui laissa rien voir de sa surprise. Elle le regarda longuement de ses yeux clairs, débordants de compassion. Comme son frère se taisait, après cette déclaration fracassante, elle lui demanda doucement :

— C'est pour ça que tu es venu me trouver ?

Il répondit sans hésiter :

— Oui ! Il me semble que, parmi les novices de ton couvent, il y a peut-être une jeune fille non encore souillée par la fréquentation du monde extérieur et par...

Il s'interrompit. Sa sœur l'encouragea à poursuivre. Il acheva :

— J'ose à peine le dire devant toi : une jeune fille qui ne soit pas souillée par la fréquentation des hommes !

L'amertume de ces paroles en apprit davantage à lady Marguerite sur l'épreuve que son frère venait d'endurer que ne l'eût fait une longue confession.

Elle croisa les mains, poussa un soupir et se détourna avant de répondre :

— Si j'avais douté de l'efficacité de la prière, tu m'aurais convaincue du contraire.

Le duc, qui ne comprenait pas l'allusion de sa sœur, attendait qu'elle poursuive.

— J'ai prié pour toi, Raven, et lorsque je m'y attendais le moins, j'ai été exaucée puisque tu es venu chercher du réconfort près de moi.

Le duc, qui suivait son idée, demanda :

— Peux-tu me donner ce que je te réclame ?

Elle hésita :

— Je le puis, assurément, mais je ne sais si je le dois !

Les lèvres du duc se crispèrent. Sans en comprendre exactement la raison, il devinait la réticence de sa sœur :

— Ne crois-tu pas que nous nous comprendrions mieux si tu me disais le fond de ta pensée et les raisons pour lesquelles tu as prié ?

Lady Marguerite se leva et s'appuya au montant de la fenêtre. Elle laissa son regard errer sur le jardin. Perdue dans ses pensées, elle garda le silence. Les massifs et la pelouse fleurie brillaient sous le soleil tandis que les couventines, vêtues de robes blanches, dont elle avait elle-même dessiné le modèle, moins austères que celles des religieuses, marchaient dans les allées soigneusement entretenues. Leurs voiles blancs, légers et transparents, flottaient derrière elles. Leurs sandales fines, en place des habituelles chaussures montantes, donnaient à leur démarche une légèreté pleine de grâce.

Le duc attendit un moment. Il but le vin qui restait dans son verre. Mais le silence se prolongeait. Enfin, comme si elle venait de prendre une décision, sa sœur revint près de lui et commença :

— Il y a huit ans à présent, on a abandonné une petite fille à la porte du couvent. La sœur tourière qui a ouvert la porte a vu une enfant, elle était seule et avait une enveloppe à la main. L'enveloppe contenait cinq mille livres.

— Cinq mille livres dans la main d'une enfant abandonnée ! s'exclama le duc.

— C'est en effet une grosse somme, répondit lady Marguerite. Avec l'argent, il y avait une lettre que je vais te montrer. (Elle ouvrit un secrétaire, en tira une lettre qu'elle tendit à son frère :) Lis !

Le duc lut à mi-voix :

— Voici Anouchka. Son père est anglais. Il vous demande de vous occuper de son éducation, il souhaite que l'on ne fasse pas prendre le voile à sa fille avant l'âge de vingt et un ans, et cela évidemment à la condition qu'elle le désire. Le couvent recevra régulièrement de l'argent pour assurer les frais de l'éducation et des études d'Anouchka pour laquelle il convient de requérir les meilleurs professeurs.

Le duc rendit la lettre à lady Marguerite en demandant :

— Rien d'autre, avec ce billet ?

— Rien.

— Et pas de signature.

— Non, mais l'écriture soignée révèle une bonne éducation, on dirait une écriture anglaise.

— Et alors ?

— J'ai échafaudé bien des hypothèses depuis l'arrivée d'Anouchka mais je n'ai retenu aucune conclusion.

— Depuis combien de temps cette enfant est-elle ici ?

— Huit ans, je te l'ai dit, elle devait en avoir dix, lorsqu'elle a été abandonnée. Je me demande ce que je dois faire à son sujet.

— Tu n'as pas l'intention de la garder et de lui faire prendre le voile ?

— Non !
— Pourquoi pas ?
— Pour deux raisons. D'abord, je ne pense pas qu'elle ait la vocation, elle est pourtant douée de nombreuses qualités, et elle est intelligente bien que je la trouve parfois difficile à comprendre.
— Tu as parlé de deux raisons, quelle est donc la seconde ?
— Eh bien, il y a deux ans, j'ai reçu pour elle une somme réellement considérable.
— Quelle somme ?
— Soixante-dix mille livres !
— C'est une dot !
— Et depuis cette date le mystérieux correspondant n'a plus jamais donné signe de vie !
— A-t-il envoyé régulièrement l'argent qu'il avait annoncé ?
— Oui, tous les deux ans, cinq mille livres. Je n'ai pas tout dépensé, tu l'imagines bien, et maintenant, Anouchka se trouve à la tête d'un capital appréciable, en un mot : elle est riche !
— Que vas-tu faire d'elle ?
— Je me posais justement la question. Je me demandais si je ne devais pas me mettre en rapport avec l'une de mes relations susceptible de l'introduire dans notre société et de lui faire faire ses débuts dans le monde au lieu de la garder entre les murs de ce couvent. (Lady Marguerite jeta un regard perplexe en direction de son frère.) J'ai tant prié pour que Dieu m'éclaire... et tu es là !
— Il me semble en effet que j'apporte la solution à tes problèmes et une réponse à tes questions. (Lady Marguerite était visiblement

préoccupée et le duc poursuivit :) Je n'ignore pas ce qui te tracasse : j'ai mauvaise réputation et j'ai annoncé mes fiançailles il y a quelque temps ! Rassure-toi sur ce point, je viens de les rompre.

Lady Marguerite hocha la tête, l'air soucieux.

— Pour ce qui est de ma réputation, poursuivit le duc, la famille, comme tu le sais, ne souhaite qu'une chose : mon mariage et une descendance. Or, c'est précisément ce que je vais faire : je veux me marier et avoir des enfants, mais il me faut une femme absolument irréprochable. Celle qui va porter mon nom doit être chaste et pure !

Le ton du duc était redevenu douloureux et amer. Lady Marguerite eut pitié des souffrances qu'il avait dû connaître et elle en devinait l'intensité. Elle se décida à répondre :

— Raven, je ne pense pas qu'Anouchka soit un parti convenable pour toi. J'espère pour elle qu'elle rencontrera un jour un homme qu'elle aimera et qui l'aimera en retour, mais, si riche qu'elle soit à présent, elle n'en est pas moins une enfant trouvée. On ne sait rien de ses origines, de sa famille, on ne connaît même pas son nom.

Le duc balaya l'objection :

— Que m'importe !

— Ne parle pas à la légère. C'est un problème !

— Pour qui ?

— Dans la société dans laquelle tu vis...

Il l'interrompit :

— Si je décide que l'origine de ma femme n'a pas d'importance, je ne vois pas très bien qui oserait me questionner à ce sujet !

Au fond d'elle-même, lady Marguerite était de l'avis de son frère, elle se faisait néanmoins une obligation de lui présenter les objections qui lui venaient à l'esprit :

— Il faut aussi que tu penses aux réactions de la famille, Raven. En ce qui me concerne, crois bien que je suis persuadée qu'Anouchka est une véritable aristocrate et que son sang est aussi bleu que le nôtre, je n'ai eu qu'à observer son comportement jour après jour pour m'en convaincre. Mais il est possible qu'elle soit l'enfant d'un adultère et c'est un obstacle que tu dois envisager.

— Les bâtards sont bien souvent des gens remarquables et ils se sont la plupart du temps illustrés par leur courage, particulièrement dans l'histoire de France !

Lady Marguerite sourit.

— C'est un problème qui dépasse mes compétences et de beaucoup, mais tu dois y réfléchir. Jamais, lorsque je priais pour Anouchka, je n'ai imaginé que tu pouvais être mêlé à son destin. (Elle soupira.) Rassure-moi, Raven. Est-ce que je suis dans la bonne voie ? J'ai peut-être tort d'envisager pour elle la vie hors des murs de ce couvent. Il vaudrait mieux peut-être qu'elle prenne le voile... Cependant, j'ai appris à reconnaître les jeunes filles à qui la vie conventuelle peut apporter la plénitude et celles qui sont faites, au contraire, pour mener une vie de famille près d'un mari en élevant des enfants... Anouchka me semblait appartenir à la seconde catégorie.

Au léger tremblement qui fit vibrer la voix de sa sœur en évoquant les charmes de la vie conjugale, le duc eut la confirmation d'un pressentiment : lady Marguerite restait fidèle à la mémoire de l'homme auquel elle avait été fiancée et au souvenir de l'amour absolu qu'elle avait connu près de lui.

— Je vois, répondit le duc, que tu as examiné le problème sous toutes ses faces, ma chère sœur, et, en ce qui concerne le sort de cette jeune fille, il faut que tu suives ce que ton instinct te dicte. C'est parfois un guide plus sûr que la froide logique.

— Je te remercie de me parler ainsi, et je crois que tu as raison. Je sens confusément qu'Anouchka appartient à un autre univers que celui que je peux lui offrir ici. Cependant, si tu devais l'emmener avec toi, il ne faudrait pas que tu perdes de vue qu'elle ignore tout de la vie. Elle a grandi ici, ce qui te paraît banal et naturel sera pour elle une découverte. (Lady Marguerite ne cherchait pas à dissimuler son trouble:) Mais nous nous égarons. Je n'y vois plus clair. Songe que vous ne vous connaissez même pas ! Tu ne peux pas te marier dans ces conditions !

— Pourquoi pas ?

— Mais voyons, Raven !

— C'est la raison qui te dicte ces mots ! Tu sais aussi bien que moi que dans certains pays orientaux les époux font connaissance le jour du mariage. Moi, je suis résolu à ce mariage, penses-tu qu'une jeune fille à qui une alliance avec moi apporte une couronne de duchesse va tergiverser parce qu'elle ne me connaît pas encore ? Quant à ses proches, je t'assure que c'est le dernier de leurs soucis. Ils seront enchantés de l'aubaine, voilà tout !

— Comme tu es cynique !

— Non, réaliste !

— Je n'en crois pas mes oreilles : je suis là à discuter avec toi de ces choses si graves comme d'une banale affaire.

— Mais c'est la chose la plus naturelle du monde !

— C'est ton avis ?

— Bien sûr ! Il est vrai que je me trouve dans une situation peu ordinaire et c'est la raison pour laquelle je suis venu te demander ton aide.

— Patiente un peu, malgré tout ! Tu brûles les étapes. Il faut tout de même que tu voies Anouchka avant de décider si tu épouses cette jeune fille dont tu ignores le nom...

— Mais...

Lady Marguerite l'interrompit :

— Et avant de décider si tu te dispenses aussi de l'accord de notre famille dont j'imagine d'avance les réactions horrifiées.

Le duc réagit avec une calme autorité :

— Que cela soit bien clair entre nous ! En ce qui concerne mon mariage, je ne consulte personne. Je me moque de ce que pensera la famille. Éperdument ! L'opinion des autres m'est complètement indifférente. J'ai décidé de me marier immédiatement et je n'ai de raisons à donner à personne. J'en ai décidé ainsi et je ne vois pas ce qui pourrait m'empêcher de faire ce que j'ai résolu !

Il y avait dans le ton de ces propos quelque chose de tellement incisif que lady Marguerite regarda son frère avec appréhension. Pour la première fois, elle lui découvrait un visage intraitable et cruel.

— Ne te laisse pas emporter, Raven ! J'imagine à quel point tu as souffert mais si ta vie n'a pas toujours été exemplaire, du moins tu t'es jusqu'à présent toujours montré bon et généreux et tu as su rendre les gens heureux autour de toi.

Elle posa la main sur le bras de son frère dans un geste d'apaisement.

— Je sais que tu souffres. Mais ne fais pas souffrir des innocents !

— Je ne sais pas de quoi tu veux parler, répondit le duc, buté.

— Allons donc ! Mais souviens-toi que la haine est un boomerang et qu'elle blesse autant celui qui la répand que celui qui en est l'objet.

— Je ne hais personne, coupa le duc d'une voix brève. Je veux seulement laver une insulte de la manière la plus efficace.

— Quelqu'un en souffrira ?

— Je l'espère bien !

— Ce n'est pas généreux ! Ta vie a été très heureuse jusqu'ici, tu as été comblé, c'est peut-être le moment de payer ces cadeaux de la Providence.

— Il me semble que tu as oublié la Bible.

— Que veux-tu dire ?

— Il est écrit : œil pour œil, dent pour dent ! C'est cela, la justice !

— Si tu prenais la peine de lire les versets suivants, tu verrais que nous devons pardonner à nos ennemis, répliqua vertement lady Marguerite.

— Je le ferai peut-être, décida Raven, mais après avoir fait payer les coupables !

Lady Marguerite soupira :

— Il me semble que tu t'ériges en juge et en bourreau ! J'ai peur que ce ne soit une erreur.

— Mais tu n'en es pas certaine ! répondit le duc, en jubilant. (Il ajouta plus doucement :) Maintenant, je veux voir Anouchka !

Il savait que sa sœur regrettait déjà tout ce qu'elle lui avait confié, elle regrettait peut-être même les prières qu'elle avait faites pour trouver une solution au problème que lui posait la jeune abandonnée.

D'un geste conciliant, le duc tendit la main vers elle :

— Ne te fais pas de souci, Marguerite. Je sais que j'ai commis des actes répréhensibles dans ma vie, ajouta-t-il sur un ton de sincérité émouvant, et ma réputation a de quoi choquer ma famille, c'est certain, mais je t'assure que jamais, aussi loin que je m'en souvienne, je n'ai agi contre le bon droit, pas plus que je n'ai fait de tort à quiconque ou déshonoré une femme qui m'avait accordé sa confiance.

Il était si persuasif que l'inquiétude de sa sœur se dissipa. Elle lui sourit.

— Je te crois, Raven, et je te fais confiance. Tu es le seul à pouvoir décider si Anouchka te convient et si tu désires réellement l'épouser.

— Tu as raison !

Lady Marguerite se leva :

— Eh bien, je vais la chercher, c'est tout ce qu'il me reste à faire. Si elle ne te plaît pas ou si elle ne correspond pas à ce que tu attends, tu seras toujours à même de chercher ailleurs.

Lady Marguerite s'éloigna.

Resté seul, le duc se versa un autre verre de vin dont le rubis scintillait dans le carafon de cristal taillé, et il se dirigea vers la fenêtre.

Mais il ne voyait ni le soleil éclatant sur les fleurs du jardin, ni les silhouettes gracieuses des couventines qui marchaient dans les allées, le long des buissons et des massifs. La seule chose qu'il avait devant les yeux, c'était le visage de Cléodel, souriant à Jimmy dans la lumière pâle du clair de lune et l'entraînant vers la porte de sa chambre. Cette vision était si puissante que ses doigts se serrèrent violemment sur le verre qui se brisa. C'est le bruit cristallin qui le fit revenir à lui. Mais il était la proie d'un désir meurtrier. Il aurait voulu pouvoir serrer le cou délicat de Cléodel et le briser. A cause d'elle, pour la première fois de sa vie, il éprouvait une soif de meurtre. Il aspirait à la vengeance. Le précepte qu'il avait rappelé à sa sœur : œil pour œil, dent pour dent, ne suffirait pas à assouvir ce désir et ne serait qu'une faible compensation pour lui dont on avait détruit l'idéal.

Car c'était bien ce qu'avait fait Cléodel, elle avait anéanti son idéal et étouffé l'élan de rédemption suscité par sa beauté et son air innocent.

Elle représentait pourtant tout ce qu'il avait toujours désiré, elle comblait un vide immense. Si elle avait été vraiment ce qu'elle s'était efforcée de paraître, elle lui aurait donné tout ce qu'il attendait, inconsciemment, depuis toujours. Aussi ayant placé tous ses espoirs en elle, après sa trahison, il s'était senti dépossédé et meurtri. La place qu'elle avait occupée était vide désormais dans son cœur et il haïssait Cléodel avec une violence qui surpassait en intensité les émotions qu'il avait connues auparavant.

Dans le train qui l'avait emmené la veille à Paris, il avait revu la scène de la nuit. Il avait regretté de n'avoir pas cédé à son premier mouvement qui l'avait poussé à escalader le balcon et à se précipiter dans la chambre où il aurait terrassé Jimmy et terrorisé Cléodel avant de les contraindre à implorer son pardon.

Il retrouva son calme en se répétant que c'eût été une piètre vengeance que de se colleter comme un portefaix, lui, le duc de Ravenstock. Ce qu'il avait imaginé était bien plus subtil. La blessure qu'il causerait serait plus profonde et plus douloureuse. A l'heure actuelle, déjà, Cléodel devait se demander pour quelle raison il n'avait pas encore pris de ses nouvelles.

Et ce serait son père, en lisant les journaux du matin, le *Times* et le *Morning Post*, qui découvrirait que le mariage était retardé. La consternation du malheureux serait comique, le duc aurait voulu jouir de sa déception. Il imaginait le flot de questions et de suppositions qui se presseraient à l'esprit du comte et de Cléodel pour expliquer ce subit revirement d'un fiancé qui, la veille encore, se montrait si empressé. Ils devraient se résoudre à écrire à Ravenstock pour solliciter un entretien et tenter d'obtenir une explication.

Matthews savait ce qu'il avait à répondre et suivrait à la lettre les instructions données par le duc.

Les Sedgewick n'auraicnt d'autre solution que d'attendre, attendre un signe, une réponse aux questions qu'ils se poseraient, attendre, attendre... et pendant ce temps, les cadeaux de mariage continueraient d'affluer.

Le duc ricana et se frotta les mains. Décidément, cette vengeance était la bonne, elle lui donnait plus de satisfaction que n'importe quel acte de violence.

D'ici peu les rumeurs les plus folles déferleraient sur Mayfair. Cléodel se trouverait au centre de la tornade. Elle chercherait en vain la cause de la disparition soudaine de son fiancé ; elle connaîtrait le désarroi et peut-être l'angoisse.

Un méchant sourire plissa les lèvres du duc.

A ce moment, la porte s'ouvrit derrière lui, il se retourna. Mais, ébloui par la lumière vive du jardin qu'il venait de contempler, il ne vit que deux formes dans la pénombre qui baignait le fond de la pièce.

La voix de sa sœur lui dit doucement :

— Raven, voici Anouchka.

## 3

Accompagnée par la jeune fille, lady Marguerite s'avança vers son frère.

— Anouchka, je vous présente mon frère, le duc de Ravenstock.

Anouchka esquissa une révérence et se releva dans un rayon de soleil.

Le duc la voyait maintenant au grand jour. Il l'avait imaginée bien différente. Elle n'avait rien de Cléodel et ne lui ressemblait pas du tout. Or, naïvement, il avait cru que la pureté et l'innocence s'incarnaient dans la transparence de deux yeux bleus et celle d'un visage aux traits enfantins entourés de cheveux blonds.

La jeune fille qui se tenait devant lui différait en tout de cette image. Elle était mince et élancée, elle avait un port altier d'une remarquable noblesse.

Sous le voile léger des novices, son visage était entouré d'un halo mystérieux. Un air de gravité, étonnant chez un être si jeune, donnait à sa beauté quelque chose de mûr. Son nez avait la finesse de ceux des reines de l'Égypte ancienne, ses lèvres étaient très délicatement ourlées. Son maintien évoquait la statuaire classique. Il émanait d'elle une forte personnalité, son regard était franc et résolu, on sentait chez cette très jeune fille beaucoup d'énergie et de volonté.

En la voyant si éclatante, le duc comprit pourquoi sa sœur hésitait à la garder au couvent : on imaginait mal qu'une femme douée d'une personnalité qui semblait si marquée pût rester sa vie entière entre les murs d'un couvent ; tout en elle semblait au contraire la destiner à régner dans le monde, et elle paraissait aussi étrangère à celui de la clôture, dans lequel elle avait pourtant été élevée, qu'un oiseau des îles enfermé dans une cage. Quelque chose en elle aspirait à l'envol.

Raven sentit qu'il devait parler.

— Ma sœur m'a dit que vous viviez ici depuis dix ans ?

— C'est exact, Monseigneur.

Spontanément, elle avait utilisé le terme de « Monseigneur » pour lui parler ; il se demanda si c'était un hommage qu'elle lui rendait ou une marque de déférence indirectement destinée à sa sœur.

— Avez-vous été heureuse ?

— Oui, Monseigneur.

— Cependant le changement, après vos premières années, a dû vous être pénible ?

Anouchka ne répondit pas. Le duc s'étonna de ce silence qui n'était dû, apparemment, ni à la timidité ni à l'embarras de trouver ses mots. C'était une attitude délibérée : Anouchka refusait de répondre. Déconcerté, le duc interrogea sa sœur du regard. Celle-ci expliqua :

— Anouchka a promis de ne jamais parler de son passé ; jusqu'ici, elle a respecté ce serment à la lettre.

Le duc ne cacha pas un geste d'irritation. Il se détourna et fit nerveusement quelques pas dans la pièce avant de revenir vers sa sœur :

— M'autoriserais-tu, Marguerite, à m'entretenir en tête-à-tête avec Anouchka ? Je suis persuadé que tu lui expliquerais très bien la raison de ma présence ici, mais je préférerais le faire moi-même, si tu n'y vois pas d'inconvénient.

Lady Marguerite parut surprise et ne put dissimuler un mouvement d'appréhension :

— Si tôt ?

— Je ne vois aucune raison pour tergiverser ! Je n'ai pas de temps à perdre !

Lady Marguerite était contrariée. Elle estimait que son frère précipitait les choses et en éprouvait une inquiétude anxieuse. En même temps, elle répugnait à lui refuser ce qu'il demandait car elle le considérait comme le chef de famille.

Le duc s'approcha d'elle, pressant :

— Aie confiance en moi. Je ne dirai rien qui puisse heurter Anouchka.

Lady Marguerite murmura :

— Tu sais que c'est une mesure tout à fait exceptionnelle dans notre Maison. Aucun entretien particulier n'est autorisé entre un étranger et une pensionnaire, sinon en présence d'un tiers... Je t'accorde dix minutes.

Elle se dirigea vers la porte, mais, devançant le duc, Anouchka l'ouvrit devant elle avec une charmante révérence, avant de s'effacer devant la Mère supérieure. Ensuite, elle referma lentement et se tourna vers le duc. Il remarqua alors que ses yeux foncés avaient des reflets violets en pleine lumière. Il eut aussi l'étrange sentiment qu'elle ne le regardait pas comme l'homme séduisant qu'il était, qui plaisait, que les femmes recherchaient, mais que son regard fouillait jusqu'au fond de son âme, sans s'arrêter aux apparences. Il proposa :

— Asseyons-nous, voulez-vous ?

D'un geste, il lui indiqua le canapé. Elle s'en approcha avec une grâce qui évoquait celle des femmes de l'Orient au port majestueux de reine. Et tandis qu'il prenait place sur le fauteuil, elle s'assit, bien droite, et attendit qu'il parle. Il remarqua qu'elle possédait le calme et la sérénité qu'il avait admirés chez sa sœur.

Il commença :

— Ma sœur m'a raconté votre histoire et, comme vous avez dix-huit ans, elle a résolu de vous laisser quitter le couvent pour vous permettre de connaître le monde dont vous ignorez tout. Qu'en pensez-vous ?

— Cela me plairait en effet.

— Vous n'avez pas le désir de prononcer vos vœux et de vous faire nonne ?

— J'y ai pensé, mais il m'est difficile de prendre une décision de cette importance alors que je n'ai aucun point de comparaison avec ce que serait un autre genre de vie.

Le duc approuva et dit :

— Il se peut que j'apporte une solution.

Il espérait qu'Anouchka manifesterait de la curiosité et qu'elle l'interrogerait, mais elle gardait le silence. Elle se contentait de le regarder avec intensité, comme si elle pesait chacun des mots qu'il venait de prononcer.

Il voulut l'étonner et la forcer à sortir de sa réserve et déclara abruptement :

— Je souhaite vous épouser.

Anouchka ne broncha pas, mais une lueur incrédule brilla dans ses yeux sombres. Un long moment s'écoula avant qu'elle ne murmure, d'une voix étouffée :

— Est-ce que je vous ai bien compris, Monseigneur : vous me demandez de devenir votre femme ?

— C'est cela même, j'ajoute que je pense pouvoir vous rendre heureuse. Votre position, si vous m'épousez, sera l'une des plus enviées d'Angleterre : vous serez duchesse de Ravenstock.

— Pensez-vous que je suis digne de l'être ?

— Vous aurez beaucoup à apprendre, mais je serai à vos côtés pour vous éviter les faux pas.

Elle fixait sur lui ses grands yeux aux reflets violets.

« Je parle comme un homme d'affaires, se dit-il, il y a de quoi rebuter une jeune fille. »

En même temps, il lui semblait qu'Anouchka préférait ce langage direct à des phrases sirupeuses qu'il eut été bien en peine de tourner. Anouchka ne disait rien. Il pensa cyniquement que bien peu de femmes eussent hésité devant une pareille proposition.

Anouchka murmura enfin :

— Je n'ai pas encore songé à me marier.

— Si vous n'avez pas l'intention de devenir religieuse, le mariage sera pour vous la seule possibilité lorsque vous aurez quitté ce couvent.

— C'est un sujet que la Mère supérieure n'a jamais abordé avec moi.

— Il y a lieu de le faire, à présent. Car pour des raisons personnelles, je souhaite vous épouser sur-le-champ. Je sais que vous n'avez rien à vous mettre et que je ne vous laisse guère le temps de vous préparer, mais il ne sera pas difficile de vous constituer à Paris un trousseau digne de la future duchesse de Ravenstock.

Dans son esprit, c'était un argument irrésistible : le trousseau. Aucune des femmes de sa connaissance n'eût résisté à l'attrait des maisons de couture de Paris, le paradis de la mode. Les robes de Worth qu'il avait offertes à quelques-unes de ses maîtresses leur avaient fait autant plaisir que les bijoux — colliers, bracelets, boucles d'oreilles — dont il les comblait.

Anouchka, en revanche, ne manifesta qu'indifférence à cette perspective. C'était tout autre chose qui la préoccupait. Elle murmura, de sa voix douce :

— Vous dites que vous m'apprendrez le métier d'épouse, mais si j'échoue dans cette tâche et que vous soyez désappointé ?

Il la regarda avec stupeur. Était-ce possible ? Elle le considérait comme l'un des professeurs que sa sœur avait chargé de son éducation.

Il la rassura :

— Intelligente comme vous paraissez l'être, je ne puis envisager un échec. Je crois être, dans ces matières, un bon maître, et je pense que je serai capable de rendre agréables les étapes que nous devrons franchir ensemble.

Il se dit qu'à lui parler sur ce ton du mariage, Anouchka allait le trouver bien dépourvu d'attraits. Mais il ne savait comment s'y prendre pour la convaincre. Cependant, Anouchka réfléchissait avec beaucoup de sérieux à cette proposition si soudaine et si inattendue. Toutes ses réactions étaient dictées par la raison. Le duc se demanda combien de temps il faudrait pour toucher son cœur et si elle finirait par voir un homme en lui ou continuerait de le considérer comme l'un de ses professeurs.

Elle leva les yeux et demanda simplement :

— Suis-je libre de choisir ou n'ai-je d'autre alternative que rester au couvent ou le quitter avec vous ?

Le duc sursauta :

— Ma sœur n'exercera aucune contrainte, bien entendu. (Il ajouta, sa voix était vexée :)

Peu de femmes refuseraient l'offre que je vous fais.

— Mais peu d'entre elles sont aussi ignorantes que moi. Je n'ai l'expérience de rien, je ne connais rien, hors les murs de ce couvent où j'ai grandi. Vous me parlez des autres femmes ? Il leur serait facile de se plier à vos lois, j'imagine, mais moi, est-ce que je le saurai ?

— Je vous y aiderai. Après notre mariage, nous n'irons pas à Londres aussitôt. Nous voyagerons, nous apprendrons à nous connaître. Ce sera beaucoup plus simple que vous le pensez.

Anouchka était troublée en dépit des assurances que lui donnait le duc.

Elle se décida à demander :

— Me laisserez-vous un peu de temps pour réfléchir, Monseigneur ?

— Certainement. Peut-être désirez-vous prier ?

— C'est cela.

Le duc se leva.

Anouchka le regarda :

— Je vais me recueillir dans la chapelle.

— Allez ! J'attendrai ici votre réponse.

Avant de s'en aller, Anouchka fit une révérence en murmurant :

— Je ne tarderai pas, Monseigneur.

Le duc la regarda partir sans bouger. Il trouvait l'aventure étrange. Jamais, dans le passé, il n'aurait imaginé un jour qu'il tiendrait une pareille conversation avec une jeune fille. Il avait parlé avec une certaine brutalité, mais Anouchka correspondait à ce qu'il désirait : elle était belle et elle avait de la classe. Il n'avait désormais plus qu'un but : mener sa vengeance à son terme dans les plus brefs délais.

Il s'approcha de la fenêtre qu'il ouvrit toute grande. Il avait besoin d'air et respira largement. Son visage prit bientôt une expression cruelle car il pensait à la manière dont il faisait manœuvrer les pions sur son échiquier. Cléodel allait trouver saumâtre le prochain coup qu'il jouerait. Son amour-propre ne s'en relèverait pas.

Il était plongé dans ses pensées, lorsque lady Marguerite revint :

— J'ai croisé Anouchka qui se rendait à la chapelle pour se recueillir.

Le duc eut un sourire narquois :

— C'est bien la première fois qu'une femme que je rencontre éprouve le besoin de prier avant de répondre à mes propositions !

— Anouchka est différente de celles que tu as connues jusqu'à maintenant, je te l'ai déjà dit. Moi aussi, j'ai besoin de réfléchir.

— Et de prier ! ajouta le duc d'un ton ironique.

Lady Marguerite ignora l'interruption :

— Si Anouchka décide de t'épouser, ce qui n'est pas du tout certain...

Le duc coupa :

— Peux-tu imaginer sérieusement qu'une jeune fille de dix-huit ans refuse de devenir duchesse de Ravenstock ?

— Mais Raven, il n'y a ici que toi et moi pour savoir ce que cela signifie ! Pour elle, cela ne représente rien, rien, rien du tout. Sois-en bien conscient. Pour Anouchka, Ravenstock est un nom, parmi d'autres, voilà tout. N'oublie pas que ses connaissances se limitent à ce qu'elle a pu lire et, crois-moi, ses lectures ont été soigneusement choisies. (Comme le duc restait silencieux, elle poursuivit :) Pour Anouchka, partager ton existence signifie débarquer sur une autre planète. Elle ne sait pas le premier mot des distractions qui occupent ta vie : les courses de chevaux, les bals, les soupers en ville, le théâtre, elle connaît ces mots bien sûr, mais c'est une connaissance purement abstraite.

Après un moment de réflexion, elle reprit :

— Je ne sais pas si tu peux imaginer ce que cela représente. Pour toi et moi, nous avons vécu dans le monde, nous avons l'expérience de ces choses, pas elle, Raven.

Elle secoua la tête avec irritation :

— Est-ce que tu comprends ce que j'essaie de t'expliquer ? Avec la meilleure volonté du monde, Anouchka est incapable d'imaginer ce que la vie dans le monde représente. Elle ne ne peut pas non plus se faire une idée de la personnalité des gens qu'elle va rencontrer si elle quitte ces murs.

Lady Marguerite eut un regard effrayé :

— Plus je réfléchis, plus je trouve ce projet absurde et irréalisable ; franchement, Raven, c'est mon opinion. Retourne en Angleterre et cherche quelqu'un de notre milieu, qui ait reçu la même éducation que nous. Ne choisis pas, pour en faire ta femme, une jeune fille élevée dans un couvent.

Sa voix prit une inflexion moins sévère :

— J'imagine à quel point tu es contrarié. Je mesure aussi la profondeur de la blessure que tu as reçue. Mais la solution n'est pas d'épouser Anouchka. Je ne pense pas que tu puisses la rendre heureuse et toi-même, ce n'est pas de cette manière que tu parviendras à oublier le passé.

Le duc répondit sur un ton de détermination inflexible :

— J'ai pourtant la ferme intention de l'épouser.

Lady Marguerite soupira : la discussion serait rude pour faire changer son frère d'avis.

Comme si elle se parlait à elle-même, elle ajouta :

— Je n'aurais pas dû te parler d'Anouchka. Si elle quitte le couvent, je souhaite que ce soit pour trouver le bonheur. Elle le mérite.

— Et tu crois que je suis incapable de le lui apporter.

Il vibrait de colère.

Lady Marguerite tenta de le raisonner :

— Ce que je souhaite, c'est qu'elle connaisse l'amour, un sentiment comparable à celui qui me liait à Arthur. C'est quelque chose d'unique, d'exceptionnel, un véritable don de Dieu.

Le duc marchait de long en large. Il s'arrêta brusquement devant sa sœur :

— Suppose un instant qu'elle ne trouve pas cet amour ineffable, réservé comme tu me le fais toi-même remarquer, à de rares élus. Est-ce que tu ne te sentiras pas responsable alors de l'avoir privée tout de même de la chance de connaître quelque chose de moins exceptionnel, de moins unique, certes, mais de valable tout de même. (Il ajouta, non sans dépit :) La majorité des femmes ne dédaignerait pas ce que j'offre à ta protégée.

— Je comprends tes raisons mais je suis follement inquiète. Pour la première fois depuis de longues années, je suis bouleversée. Je me sens responsable d'Anouchka et je ne sais plus que faire, je ne vois pas ce qui est bien pour elle. Tu as semé le doute en moi.

Le duc tenta de raisonner sa sœur :

— Écoute, Marguerite, je suis venu chercher de l'aide près de toi et tu me l'as offerte. Je ne t'ai obligée à rien, que je sache ! Tu pouvais ne pas dire un mot d'Anouchka.

Lady Marguerite eut un mouvement de recul, puis, comme si elle sentait que la lutte était inutile, qu'elle ne parviendrait pas à faire céder son frère, elle se résigna.

— Très bien, je suis d'accord pour que tu épouses Anouchka, si elle y consent. Je ne ferai pas opposition à ce mariage mais à une condition, toutefois.

Le duc tressaillit :

— Laquelle ?

— Je sais que tu as beaucoup d'expérience et que tu connais les femmes, tu mènes la vie à grandes guides et je ne ferai pas de commentaire sur ta réputation. Mais, si tu épouses Anouchka, j'exige, dit-elle d'un ton sans réplique, que tu me donnes ta parole d'honneur de respecter son innocence pendant trois mois ! Garde-la pure et chaste, selon tes propres paroles, pendant ce délai, ensuite fais-en ta femme au sens biblique, ensuite seulement.

Le duc considéra sa sœur avec perplexité.

— Penses-tu que ce soit bien raisonnable ? Un mariage doit être consommé pour avoir des chances de réussir.

— Un mariage traditionnel, sûrement ! Mais le

tien échappe à toutes les règles, il me semble. Crois-tu qu'il soit normal de venir choisir sa femme entre les murs d'un couvent ?

La voix de lady Marguerite se durcit :

— Reconnais qu'on a rarement vu quelqu'un mépriser les règles de notre société comme tu le fais. Tu as un comportement qui est assez extraordinaire, conviens-en ! Non seulement ta démarche est stupéfiante, mais il est tout aussi étonnant que tu aies trouvé une jeune fille comme Anouchka. C'est à croire que le destin l'a placée sur ta route.

Lady Marguerite insista :

— Fais-moi cette promesse, Raven. Je t'en prie ! C'est le seul moyen de me rassurer. En échange, je ferai mon possible pour vous aider à trouver un terrain d'entente et pour favoriser votre union. (Sa voix s'étrangla :) Je t'aime et, tu le sais, j'ai toujours souhaité que tu trouves le bonheur ! Si j'ai fait des réserves sur la manière dont tu as décidé de te marier, tu dois les comprendre.

Rassuré par le consentement accordé par sa sœur, le duc prit un ton léger pour déclarer :

— Il ne faut pas trop demander à la vie.

Lady Marguerite lui rétorqua avec hauteur :

— Ni toi ni moi n'avons été habitués à nous contenter de solutions de facilité.

— En effet.

Pourtant, il songeait qu'il avait été bien près d'accepter les pires compromis pour garder Cléodel. Il avait eu la tentation de se marier en dépit de sa trahison. Il frissonna à cette perspective. Dans ce cas, il n'aurait plus eu le moindre recours contre elle. Il bénit le ciel de s'être ressaisi à temps. Il était reconnaissant au destin de lui avoir épargné ce désastre.

Pour chasser ces idées, il demanda :

— Je voudrais t'exprimer ma gratitude d'une manière concrète, Marguerite. J'aimerais offrir un don aux œuvres de ton couvent.

Lady Marguerite refusa d'un signe :

— C'est inutile, Raven. Ma fortune me permet d'entretenir le couvent et de le diriger à ma guise. Je n'ai aucun problème d'ordre matériel. Ce que je te demande en revanche, c'est de me promettre ce que je viens de te demander : tu ne l'as pas encore fait.

Le duc y consentit :

— Tu as ma parole.

— Tu ne pourras la reprendre que si Anouchka y consent.

— C'est entendu, répondit Raven, avec une pointe de raillerie dans la voix.

Il songeait que, pour la première fois, il se trouverait en présence d'une femme qui n'userait pas de ses attraits pour tomber dans ses bras et devenir sa maîtresse. La retentissante exception à cette règle avait été Cléodel, bien entendu, mais Cléodel avait tout mis en œuvre pour se faire épouser. Elle l'avait trahi, trompé. Que devenait-elle à présent ?

Elle devait se contenter de Jimmy. Mais comment celui-ci avait-il pris la rupture des fiançailles, lui qui espérait tirer profit de ce mariage ? Peut-être escaladait-il chaque nuit son balcon pour se glisser dans son lit ?

A cette pensée, une rage incontrôlable s'empara

de lui. Le même voile rouge que le premier soir tomba devant ses yeux. Il suffoqua à nouveau de rage et d'humiliation. Il serra les poings. Lady Marguerite le regardait avec inquiétude et se préparait à intervenir lorsqu'on frappa :

— Entrez, dit lady Marguerite.

Anouchka s'avança lentement vers le bureau où se tenait la Mère supérieure ; elle fit une brève révérence et se tint immobile et grave, attendant la permission de parler.

— Avez-vous prié, mon enfant ? demanda lady Marguerite.

— Oui, Révérende Mère.

— Est-ce que vous voyez clair en vous-même à présent ?

— Je le crois.

— Qu'avez-vous résolu, Anouchka ?

— Si vous m'en jugez digne et si vous estimez que je puis remplir d'une manière satisfaisante les devoirs qui m'incomberont, j'accepte la proposition que m'a faite Monseigneur.

— Je sais que vous réussirez, ma chère petite, soyez sans crainte.

Après avoir prononcé ces mots, lady Marguerite se tourna vers son frère. Il s'approcha d'Anouchka. Il avait l'impression étrange de se mouvoir dans un drame, mais il ne savait pas s'il jouait le rôle du héros ou celui du traître.

Il saisit la main d'Anouchka et la porta à ses lèvres avant de lui dire, d'un ton chaleureux :

— Je suis touché de l'honneur que vous me faites en m'acceptant comme époux. De mon côté, je m'engage à faire tout ce qui est en mon pouvoir pour vous rendre heureuse.

Dès son retour en son hôtel particulier des Champs-Élysées, le duc convoqua son secrétaire particulier, Jacques Tellier, un Français qui s'occupait de ses intérêts sur le continent. Il s'enferma avec lui pour lui expliquer ses projets. Lorsqu'il apprit que le duc avait l'intention de se marier le lendemain, il dut faire appel à tout son tact et à toute sa bonne éducation pour cacher sa surprise et rester impassible. Il présenta ses félicitations.

— Je vais de ce pas à la mairie pour accomplir les formalités nécessaires au mariage civil.

Le duc le rappela :

— Après le mariage civil, il y aura une bénédiction donnée dans la plus stricte intimité, en la chapelle du couvent du Sacré-Cœur.

D'accord avec sa sœur, il avait pris cette décision la veille, avant de revenir à Paris. Il avait demandé :

— J'imagine qu'Anouchka est catholique ?

Lady Marguerite répondit de manière évasive :

— Elle a été élevée dans notre confession et ce sont les pères attachés au couvent qui lui ont donné son instruction religieuse.

— Ce qui signifie ?

— Eh bien, j'ai le sentiment qu'avant de venir ici Anouchka a été élevée selon le rite orthodoxe russe.

— Son nom à une consonance russe, c'est indiscutable. Si son père est anglais, il est possible, en revanche, que sa mère soit russe, cela expliquerait ce prénom d'Anouchka. Mais elle avait déjà dix ans quand tu l'as recueillie, elle ne t'a jamais rien dit à ce sujet ?

Lady Marguerite soupira :

— Je n'ai guère eu le temps de te parler d'elle en détail, mais il est certain qu'avant d'être abandonnée elle a été formée à ne jamais parler de son passé. Malgré son jeune âge, elle a eu la force de caractère de respecter ce... pacte... cette promesse... Je ne sais quel mot employer car j'ignore tout sur ce qui a précédé sa venue ici. Jamais elle ne m'a soufflé mot de son existence antérieure.

— Jamais ?

— Jamais. Ni à propos de sa religion, ni au sujet de ses parents, jamais un mot.

— C'est à ne pas croire.

— C'est très surprenant, admit lady Marguerite. Au début, j'ai mis son silence sur le compte du choc qu'elle venait de subir : elle avait été abandonnée, séparée de ceux qu'elle aimait. Par la suite, je n'ai pas insisté, j'ai respecté son silence et n'ai jamais exercé la moindre pression pour la faire parler. Je pensais que le temps la rendrait plus confiante et plus familière.

— Il n'en a rien été ?

— Non. Elle n'a jamais laissé filtrer la moindre indication susceptible de me mettre sur la voie. Et jamais elle n'a montré, par des habitudes ou un comportement différent des nôtres, qu'elle pouvait venir d'un autre pays ou d'un autre milieu.

— C'est incroyable !

Lady Marguerite acquiesça :

— Je te l'ai déjà dit, elle n'est pas comme les autres. Sa sagesse et sa gravité m'ont toujours étonnée.

— Et tu penses qu'elle a pu être élevée dans la religion orthodoxe ?

— C'est une hypothèse.

— Tout cela est bien compliqué, Marguerite, soupira le duc. Crois-tu qu'elle verra une objection à épouser un protestant ?

— Je lui poserai la question, promit lady Marguerite, mais je doute que ce soit un sujet qui la préoccupe. Protestant, elle doit savoir que tu l'es, puisque tu es mon frère et que personne n'ignore ici que je suis d'origine protestante, que je me suis convertie au catholicisme lorsque je me suis réfugiée en France. (Elle ajouta en souriant :) Les jeunes novices sont très intéressées, tu peux l'imaginer, par la vie que j'ai menée lorsque j'avais leur âge, avant de venir en France.

— Tu leur en parles ?

Lady Marguerite eut un sourire malicieux :

— Je leur dis ce que je crois utile et profitable de leur dire.

Tous deux s'étaient mis à rire.

Le duc dépêcha plusieurs de ses domestiques chez les fournisseurs les plus élégants de Paris pour constituer le trousseau d'Anouchka. Ce serait Worth, le prestigieux couturier chez qui il avait l'habitude de se fournir, qui procurerait la robe de mariée. Il connaissait bien les goûts du duc et il n'y avait aucun souci à se faire de ce côté.

Il était plus urgent, en revanche, de constituer la garde-robe de tous les jours pour permettre à

Anouchka d'abandonner son costume religieux dès sa sortie du couvent. Le duc voulait un trousseau digne de la future duchesse. Il donna des ordres précis à ce sujet.

Par ailleurs, grâce à la diligence de Jacques Tellier, les formalités administratives furent simplifiées. En l'absence d'Anouchka, encore au couvent, le mariage civil se fit par procuration, Jacques Tellier représentant la mariée.

La cérémonie fut très rapide ainsi que le duc l'avait souhaité. Dès que les signatures eurent été apposées au bas des actes, le maire s'avança vers le duc et lui serra les mains chaleureusement en lui souhaitant une longue vie de bonheur et beaucoup d'enfants.

Le duc s'inclina et le remercia de ses vœux. Il se demandait au fond de lui ce que ce bon Français penserait s'il savait que le mariage ne serait pas consommé avant un délai de trois mois révolus, ainsi qu'il en avait fait le serment. Pendant ce temps sa femme resterait chaste et pure, comme si elle vivait encore au couvent.

Dans la soirée, en regagnant sa chambre, il se dit que cette clause, si étrange, imposée par sa sœur, n'était pas une si mauvaise idée. Il n'avait envie de faire l'amour à aucune femme et sentait confusément que s'il touchait, ne fût-ce que les lèvres d'Anouchka, ce contact raviverait des souvenirs insupportables. L'image de Cléodel était encore trop présente et sa passion récente brûlait encore en lui comme les tisons dans l'âtre.

« Comment effacer ces souvenirs de ma mémoire ? » se demandait le duc, redoutant qu'ils ne le poursuivent pendant le reste de sa vie.

A son réveil, alors qu'il prenait un copieux petit déjeuner, il fit appeler Jacques Tellier pour lui donner ses dernières instructions :

— Vous remettrez un communiqué annonçant mon mariage aux journaux français et aux agences de presse. Vous spécifierez que je veux le voir paraître en même temps dans la presse anglaise.

C'était le dernier acte de sa vengeance : l'estocade qu'il voulait porter à Cléodel et Jimmy.

Il corrigea le texte, en pesa chaque mot et le relut une dernière fois avant de s'en déclarer satisfait :

« Le mariage du duc de Ravenstock a été célébré hier à Paris dans la plus stricte intimité. Le duc et la duchesse séjourneront quelque temps dans la capitale avant de partir pour Nice et la Riviera où ils passeront leur lune de miel. »

Comme il ne faisait confiance à personne, il recopia le texte de sa main, le parapha et le remit à son secrétaire.

Il aurait donné cher pour assister au spectacle de ses compatriotes en train d'ouvrir le journal où paraîtrait le faire-part. Il imaginait déjà la surprise ou la consternation qui se peindrait sur le visage de ses relations : amis et ennemis. Ses proches même trouveraient la nouvelle si extravagante qu'ils auraient du mal à y ajouter foi. D'autant qu'il s'était écoulé un laps de temps très bref entre l'annonce de l'ajournement de son mariage avec Cléodel et la publication du nouveau faire-part. Cette circonstance exciterait la curiosité et tout le monde se perdrait en conjectures.

Ce qu'on découvrirait très vite c'est qu'il n'avait pas épousé la fille du comte de Sedgewick.

Ce serait l'unique sujet de conversation de Mayfair. Les langues iraient bon train. Ce seraient des :

— Qu'est-il arrivé ?

— Il s'est donc marié ?

— Mais pas avec Cléodel !

— Avec qui ?

— Et les Sedgewick qui restent muets !

— Comment peut-il traiter ainsi lady Cléodel ?

— On croyait pourtant le connaître !

— Quelle décision imprévisible !

— Un coup de tête !

Même ses amis les plus chers, comme Harry, ne pourraient deviner ce qui avait motivé sa décision. Jimmy serait peut-être le seul à soupçonner ce qui s'était passé et pour quelle raison le duc s'était enfui de Londres pour se marier avec une autre en montrant une telle précipitation.

Les femmes qu'il avait aimées, et qui n'avaient pas dissimulé la jalousie que leur inspirait Cléodel ni leur dépit devant sa jeunesse et sa beauté, parviendraient sûrement, elles aussi, avec leur logique et leur instinct à avoir une idée de ce qui était arrivé.

— S'il a disparu d'une aussi étrange manière, c'est que ce cher Raven avait une bonne raison pour le faire. Il n'est pas homme à agir sur un coup de tête ! L'explication, car il y en a une, il ne fallait pas la chercher de son côté à lui mais bien du côté de la femme qu'il venait d'abandonner.

Il sourit. Il avait décidément trouvé la meilleure vengeance possible ! Cléodel ne pourrait rien faire et dire pour se défendre. Pas plus que ses parents, elle n'aurait le loisir de trouver une excuse plausible aux yeux du monde. Après l'écroulement de tant de beaux projets il ne resterait qu'une échappatoire aux Sedgewick : ils seraient contraints de quitter Londres, théâtre de leurs déboires, et d'aller s'enterrer à la campagne.

Pour Cléodel, cela signifierait une nouvelle fois, comme après son deuil, le renoncement à la vie mondaine et aux bals où elle avait brillé avec un tel éclat ces temps derniers. Plus question pour elle d'assister aux réceptions qui faisaient courir tout Londres pendant la saison. Elle ne pourrait même pas se montrer au Royal Derby d'Ascot.

Il lui restait Jimmy... peut-être...

Mais le duc était prêt à parier que ce dernier ne devait plus se montrer tellement empressé auprès d'une femme qu'il avait si bien dressée à trahir son fiancé.

Le duc savourait sa vengeance, elle le comblait. Peu d'hommes de sa connaissance eussent été capables de la mener à son terme avec tant d'astuce et de ténacité.

Il voulut être certain que ses ordres avaient été scrupuleusement exécutés. Dans ce but, il envoya à Londres le courrier qui l'avait précédé à Paris : il était chargé de vérifier que l'annonce avait bien été publiée dans les journaux londoniens.

Il passerait deux jours en ville avant de revenir à Paris rendre compte au duc de tout ce qui s'était passé depuis son départ.

Avant de partir, le messager demanda :

— Si l'un de vos amis, Votre Grâce, émet le souhait de venir vous rendre visite à Paris, que dois-je répondre ?

— Que je suis en pleine lune de miel et ne désire pour le moment d'autre compagnie que celle de ma femme. Vous ne répondrez à aucune question la concernant, sous aucun prétexte, quelle que puisse être l'insistance avec laquelle on vous questionnera.

Pour être certain de la discrétion de son courrier, le duc le fit partir pour l'Angleterre avant son mariage ; ainsi, ne sachant rien, il ne pourrait rien dire.

Le duc était certain que le comte de Sedgewick ferait tout au monde pour prendre contact avec son messager dès qu'il serait informé de sa venue. Il se demandait de quelle manière il s'y prendrait pour chercher à le faire parler et le voyait hésitant entre la corruption et l'intimidation.

Il ressassait ces pensées tandis qu'il descendait les Champs-Élysées dans sa calèche découverte, resplendissant dans l'habit qu'il avait revêtu pour son mariage, suivant en cela la coutume française.

Le goût de la vengeance lui était si agréable qu'il sourit à nouveau et le même pli cruel qu'avait remarqué sa sœur apparut sur son visage.

Afin de donner plus d'éclat à la cérémonie et pour honorer sa future femme, le duc avait arboré, sur son habit, le grand cordon de l'ordre de la Jarretière qui, de l'épaule droite, tombait à son côté.

Il regrettait que Cléodel ne pût le voir ainsi, dans toute sa gloire : elle aurait mesuré alors tout ce que sa perfidie lui faisait manquer. Elle avait su cacher, sous des airs timides et doux, une ambition démesurée. Son unique objectif avait été de gravir au plus vite les échelons de la société en se servant de lui pour parvenir au sommet et partager avec lui les honneurs qu'il devait à son rang. Tant d'autres, avant elle, avaient essayé et échoué là où elle avait bien failli réussir.

C'était ce qui le mettait hors de lui. Il se flattait d'avoir du flair pour déceler la fausseté, l'hypocrisie et le mensonge, et il était tombé dans le piège le plus vieux du monde !

Ce n'était pas bien difficile, en vérité, d'éveiller chez un homme des sentiments chevaleresques et de faire battre un cœur pour une pure et innocente jeune fille. Quel gentleman ne se jetterait au feu et ne revêtirait l'armure pour défendre sa belle ?

Or, le piège avait été tendu de main de maître. On avait prévu chacun de ses mouvements sur l'échiquier. Il avait tenu le rôle stupide d'un pion !

A cette pensée, il avait à nouveau envie de crier sa rage.

« Dieu les damne ! » songeait-il.

Il ressassait une joie mauvaise. Sa vengeance marquait Cléodel au fer rouge comme autrefois les puritains d'Amérique les femmes adultères.

En même temps, il imaginait la peau si blanche et si douce, il revoyait le regard limpide, le sourire irrésistible et les lèvres pures à l'instant où

Cléodel s'était tournée vers Jimmy pour l'embrasser. A la souffrance qu'il ressentit, il sut que le plaisir de la vengeance n'avait pas effacé la douleur de la blessure.

## 4

Le duc attendait dans le ravissant salon de son hôtel particulier qu'Anouchka descende pour dîner. Il portait son habit de soirée mais sans les décorations ni l'ordre de la Jarretière. Il pensait à son mariage en dégustant une coupe de champagne. Étrange cérémonie, si différente de tout ce qu'il avait imaginé dans le passé !

Avec Cléodel, c'eût été l'événement de la saison. L'église Saint-George aurait été pleine à craquer de tout ce que le pays comptait de célébrités, à commencer par le prince et la princesse de Galles. La reine se serait fait représenter, ce n'était pas douteux, et la présence de membres de plusieurs familles royales d'Europe aurait donné à la cérémonie un éclat dont on aurait parlé longtemps.

Il avait tout préparé pour la réception. La salle de bal dans la maison de Park Lane avait été entièrement redécorée par les artistes les plus fameux. Les invités s'y seraient pressés. Le jardin et le parc leur auraient offert la surprise d'une décoration florale renouvelée à laquelle ses jardiniers avaient travaillé pendant des semaines.

Au lieu de ce faste, son mariage avec Anouchka avait eu pour seul témoin sa sœur, lady Marguerite, et c'était une vieille religieuse du couvent qui avait tenu l'orgue, avec un talent consommé.

Le duc avait été surpris car il s'imaginait que tout le couvent allait assister à son mariage, mais il était évident qu'une telle cérémonie pouvait distraire de leurs méditations les religieuses les plus âgées et donner aux plus jeunes des idées inopportunes, ainsi que lady Marguerite le lui avait expliqué. Elle avait ajouté :

— L'archevêque de Paris, qui se déplace pour toi, donnera sa bénédiction assisté par deux prêtres de notre communauté et deux enfants de chœur. Il n'y aura personne d'autre, je tenais à t'en informer, Raven.

Le duc avait acquiescé :

— La plus stricte intimité, Marguerite, comme je le souhaitais.

Sa sœur lui avait désigné la porte de la chapelle :

— Si tu veux entrer, je vais aller chercher Anouchka.

Le duc s'avança dans la nef de la petite chapelle dont les murs paisibles semblaient garder l'écho des prières qui y avaient été prononcées.

L'archevêque portait, ainsi que les autres prêtres, une soutane resplendissante, brodée au couvent. L'autel débordait de fleurs cueillies dans le jardin du Sacré-Cœur le matin même.

L'orgue préluda en sourdine quelques instants, puis lady Marguerite entra par l'une des portes latérales, accompagnée d'Anouchka.

Le duc tourna la tête et les observa.

Elles avançaient lentement. Anouchka (ct c'était la première fois depuis qu'elle était entrée au couvent) ne portait plus la robe des novices, mais la robe de mariée qu'il avait commandée pour elle. Le corsage était d'une grande simplicité et la jupe, constituée d'un drapé de gaze, s'évasait largement dans le dos pour former une traîne. Le voile léger, en dentelle ancienne, était retenu, sur les cheveux, par une couronne de fleurs d'oranger.

Anouchka tenait à la main un livre de prières décoré d'applications de nacre, qui avait dû appartenir à lady Marguerite, au lieu du bouquet qu'il lui avait fait parvenir. Elle avançait d'une démarche sereine, le regard droit et non baissé comme on pouvait l'attendre en pareille circonstance où une fiancée s'approche de son futur époux.

Il croisa son regard, qui le cherchait sous le voile, et se demanda quelles pouvaient être ses pensées.

En raison de la différence de religion des futurs époux, la liturgie fut réduite à une simple bénédiction. L'archevêque prononça des paroles émouvantes dont la sincérité fit rougir le duc.

Ce mariage n'était-il pas le dernier acte d'une vengeance qu'il avait longuement mûrie ? Anouchka, pour qui sa sœur souhaitait un bonheur comparable à celui qu'elle avait connu, si brièvement, avec Arthur Landsdown, n'était qu'un pion dans sa machination. Conscient de sa duplicité, le duc se jura de faire tout ce qui serait en son pouvoir pour rendre sa femme heureuse. Ce qu'il accomplissait aujourd'hui était l'aboutissement de beaucoup de laideur, il en eut honte.

Il avait été convenu qu'à l'issue de la cérémonie le jeune couple quitterait immédiatement le couvent. Le duc sortit de la chapelle, Anouchka à son bras. La voiture les attendait.

Lady Marguerite s'approcha :

— Mon rôle s'achève ici, Raven. Je ne puis que t'adresser mes vœux de bonheur et prier sans relâche pour que vous connaissiez le bonheur tous les deux.

En prononçant ces mots, son regard devint si pénétrant qu'il comprit tout ce qu'il contenait d'inquiétude et d'espoir. Il prit sa sœur dans ses bras et l'embrassa avec tendresse, puis, s'inclinant devant elle, il lui baisa la main.

— Merci, Marguerite.

Il coupa court aux adieux et fit monter Anouchka dans la voiture dont les chevaux piaffaient ; ensuite, il se tourna vers sa femme pour la contempler, ce qu'il n'avait pas encore fait jusqu'alors.

Elle avait retiré son voile et le duc voyait sa chevelure pour la première fois, elle était très belle mais étrange. L'ensemble était sombre, mais une grande mèche claire comme un rayon de lune l'illuminait. Le mélange des sangs et les diverses origines d'Anouchka étaient peut-être la cause de cette particularité.

Inquiète de se voir l'objet d'un examen aussi attentif, Anouchka demanda :

— Comment me trouvez-vous ? (Sans attendre de réponse, elle ajouta, comme si elle voulait se justifier :) Tout cela est si étrange pour moi.

Savez-vous que lorsque j'ai vu la robe que vous avez commandée pour moi, je n'ai pu m'empêcher de rire.

— Pourquoi ?

Elle sourit et ce fut comme si un rayon de soleil illuminait son visage :

— Cela me semblait cocasse qu'une robe pût être à ce point élaborée sur l'arrière et aussi simple sur le devant.

Amusé, le duc lui répondit :

— C'est la mode lancée par M. Worth, le roi des couturiers.

Anouchka le regarda, incrédule. Elle se demandait s'il plaisantait.

— Dois-je comprendre que c'est un homme qui a fait cette robe ?

Le duc compléta son explication :

— Il l'a dessinée et un millier de jeunes femmes qui travaillent dans ses ateliers l'ont exécutée.

Un rire clair, juvénile, dépourvu d'affectation et complètement différent de ceux des femmes qu'il fréquentait, s'éleva dans la voiture :

— Cela me paraît si cocasse de penser que des hommes font des robes pour des femmes ! Je croyais que la couture était une occupation exclusivement féminine. (Voyant le duc sourire à son tour, elle ajouta :) La nuit dernière, je pensais que j'aurais des quantités de choses à apprendre auprès de vous. Sont-elles toutes aussi amusantes et inhabituelles ?

Le duc était surpris par les réactions d'Anouchka. Tout se passait comme le lui avait annoncé sa sœur : après des années de vie confinée au couvent, tout ce qu'Anouchka voyait ou entendait lui paraissait aussi étrange que si elle débarquait d'une autre planète.

Le duc se souvenait de leur premier entretien lorsqu'elle lui était apparue dans la robe austère des novices et du sérieux avec lequel elle avait examiné sa demande en mariage.

La journée se passa fort différemment de ce qu'il avait imaginé. Il ne cessa d'observer sa femme.

Ils gagnèrent son hôtel des Champs-Élysées. A chaque découverte qu'elle faisait, Anouchka avait l'air d'une élève studieuse apprenant la leçon de son maître.

Il est vrai qu'elle voyait les choses avec un humour et une gaieté qui mettaient le duc de bonne humeur. Lorsque son visage s'animait, particulièrement lorsqu'elle se mettait à rire, les yeux d'Anouchka brillaient de petites flammes qui semblaient dissiper le mystère qu'ils renfermaient habituellement.

Il était séduit par son rire clair et spontané. Cependant, il ne pouvait s'empêcher de le comparer à celui de Cléodel qui semblait toujours sortir à regret de ses lèvres.

Il ne parvenait pas à se libérer de ce souvenir. Il en ressentit une irritation qui lui fit froncer les sourcils et serrer les lèvres.

Anouchka, en train d'examiner des tableaux accrochés au mur, se retourna pour lui poser une question à propos de l'un d'eux, mais le changement d'expression qu'elle surprit sur le visage du duc fit mourir sur ses lèvres les paroles qu'elle allait prononcer.

— Ai-je dit quelque chose de mal ? demanda-t-elle avec inquiétude.

— Je n'ai pas prêté attention à ce que vous me demandiez, répondit le duc, ne m'en veuillez pas.

— Vous paraissez fâché.

— Pas contre vous... Mes pensées étaient ailleurs, ajouta-t-il vivement.

Il s'efforça de rendre à son visage une apparence paisible. Anouchka ne détachait pas ses yeux de lui. Comme au couvent, il eut le sentiment qu'elle le perçait jusqu'au fond de l'âme.

— A quoi pensez-vous, Anouchka ?

Sans répondre, elle détourna la tête et se remit à contempler les tableaux.

— Je vous ai posé une question, Anouchka.

Elle murmura, sans lever les yeux :

— Je préfère ne pas y répondre ; j'ai peur de vous dire quelque chose que vous n'aimeriez pas entendre.

Le duc ne cacha pas son mécontentement :

— Mettons-nous d'accord une fois pour toutes. Nous sommes mariés : ce serait une erreur de ne pas être francs entre nous. Vous m'avez demandé de vous enseigner ce que vous ignorez de la vie ; si vous faites ou dites quelque chose de mal, je vous le signalerai en toute honnêteté et vous ne devrez pas vous en formaliser.

— C'est bien ainsi que je l'entends !

— De mon côté, quoi que vous puissiez dire, je n'en serai pas offensé, poursuivit le duc. Je vous prie seulement d'être toujours franche et loyale avec moi. La seule chose que je ne pourrai pas supporter est que vous me mentiez.

— Je ne le ferai pas.

— Répondez à la question que je vous ai posée.

— Je vous ai vu contrarié par des pensées indignes de vous.

— Expliquez-vous !

— Je vous trouve très... séduisant... pas seulement physiquement : vous êtes noble et généreux, c'est pourquoi j'ai accepté de vous épouser.

Cette déclaration laissa le duc sans voix. Anouchka poursuivit calmement :

— Vous m'êtes apparu tout à l'heure sous un jour si différent... j'ai senti que quelque chose de... trouble vous préoccupait.

Le duc resta silencieux.

Anouchka lui parlait d'une voix calme, presque impersonnelle. C'était le ton qu'il avait adopté lui-même pour lui parler. En fait, c'était le ton d'une conversation entre hommes d'affaires, complètement dénuée de cette chaleur que l'on s'attend à trouver entre deux êtres qui viennent de s'unir par les liens du mariage.

Le duc reconnaissait toutefois qu'Anouchka faisait preuve d'une profonde psychologie à son égard.

— J'ai beaucoup apprécié ce que vous venez de me dire, répondit-il après un moment, et je vous remercie de votre franchise.

Anouchka le regarda et ajouta à mi-voix :

— Vous ressemblez trop aux portraits qui ornent vos murs : je ne pourrais supporter de les voir abîmer !

Puis, considérant que la discussion était close, elle changea de sujet. Elle admira une collection de porcelaines de Sèvres. Le duc lui raconta comment Madame de Pompadour avait créé la manufacture.

Anouchka, qui l'écoutait avec attention, demanda des précisions :

— J'ai lu ce récit dans mes livres d'histoire, mais chaque fois que j'ai demandé des détails sur la personnalité de Madame de Pompadour, mon professeur m'a répondu que c'était sans intérêt aucun et que je n'avais pas à m'occuper de ces questions. Pourquoi refusait-il de me répondre, selon vous ?

Le duc hésita, puis il se dit que tôt ou tard il aurait à aborder des sujets de ce genre avec sa femme. Il se décida et déclara :

— Madame de Pompadour était la maîtresse de Louis XV.

— Que voulez-vous dire ?

— Vous n'en avez pas la moindre idée ?

— Pas la moindre. Dans les livres d'histoire de France, on parlait beaucoup du rôle joué par certaines femmes qui acquirent un immense pouvoir. Or, certaines d'entre elles n'appartenaient pas à l'aristocratie. Mais si personne ne me l'explique, je ne comprendrai jamais de quelle manière elles ont pu s'élever de la sorte.

Le duc s'amusait, mais il redoutait de heurter Anouchka. Il chercha ses mots et lui dit doucement :

— Les rois se marient souvent pour des raisons politiques. Ils cherchent, dans ce cas, le moyen de consolider le trône ou d'agrandir leur royaume ou d'affermir une alliance. L'amour a peu de place dans ces sortes de mariages. (Il s'arrêta un instant :) Mais les rois sont des hommes aussi. Lorsqu'ils ne trouvent pas l'amour auprès de la reine, ils peuvent le chercher ailleurs, près d'autres femmes, jolies, intelligentes, capables de provoquer leur désir et leur attachement.

Tout en parlant, le duc ne cessait d'observer les réactions d'Anouchka. Elle l'écoutait avec un extrême recueillement, visiblement attentive à ne rien perdre de ce qu'il disait.

— Le roi aimait-il la femme qu'il avait prise pour maîtresse ?

— Il l'aimait... parfois, répondit le duc. Louis XV, par exemple, non seulement aimait Madame de Pompadour, mais, fait plus rare, il lui fut fidèle. Ce n'était guère habituel.

Anouchka était interloquée :

— Vous voulez dire que les rois avaient plusieurs maîtresses ?

— C'était parfois le cas. Je vous ferai lire la vie de Charles II d'Angleterre qui en eut énormément. Elles étaient toutes d'une grande beauté, mais la plus remarquable était une Française. Vous verrez dans mon château, à la campagne, le portrait de cette Louise de Keroual, c'est le plus beau que l'on ait jamais peint d'elle.

Anouchka réfléchit avant de poser une autre question :

— Arrive-t-il que des hommes qui ne sont pas des rois aient aussi des maîtresses ?

Le duc réprima un sourire :

— Quand ils peuvent se le permettre.

— Dois-je comprendre qu'elles coûtent cher ?

— C'est généralement le cas.

— Pourquoi ?

Le duc fit un geste vague de la main :

— Pour de multiples raisons...

— Quelles sont-elles ?

Le terrain devenait scabreux, le duc ne savait comment s'en tirer. Il n'avait aucune envie d'approfondir le problème avec sa femme si peu de temps après leur mariage. D'autre part, il était bien évident qu'un jour ou l'autre il serait forcé d'aborder ces questions avec elle.

Il se jeta à l'eau :

— Une maîtresse s'efforce de combler son... amant... de ses attentions, mais les marques d'affection qu'elle lui prodigue ne sont pas forcément désintéressées et vous apprendrez, Anouchka, qu'elle entend, le plus souvent, en être remerciée. Il est d'usage d'offrir, outre les baisers et les marques de l'amour, des cadeaux qui peuvent être de grand prix.

Anouchka s'efforçait de comprendre :

— Je croyais que l'amour était un don de Dieu et qu'il ne se monnayait pas.

Le duc apprécia la repartie mais décida de couper court. Décidément, il ne voulait pas parler des amours vénales avec Anouchka.

— N'en parlons plus. Ce n'est pas un sujet dont il faut parler le jour de ses noces.

Anouchka le regarda intensément :

— N'est-ce pas parce que vous ne tenez pas à me dire que vous avez eu des maîtresses ?

— Si j'en ai eu, il est certain qu'il ne me plairait guère de parler d'elles avec ma femme.

Il avait parlé sèchement et regrettait déjà sa brutalité.

— Ne m'en veuillez pas, si je me suis montrée indiscrète, murmura Anouchka. Je me le suis permis car vous m'aviez assuré que nous ne devions rien nous cacher.

Le duc se sentait pris au piège. Il avait l'impression de s'enfoncer dans un labyrinthe.

— Je ne retire rien de ce que j'ai dit ! Simplement, je souhaite vous entretenir de sujets plus agréables, surtout aujourd'hui. Si vous le voulez bien, j'aimerais vous faire visiter de fond en comble cet hôtel.

— Comme il vous plaira. Tout ce que vous faites et tout ce que vous dites me touche infiniment, répondit Anouchka.

Le duc savait qu'elle disait vrai. Il l'entraîna et lui fit admirer les richesses de ses collections. Après quoi, il proposa :

— Je vous emmènerai demain chez Worth et vous le ferai rencontrer ; c'est lui qui dessinera les modèles de vos robes. Il saura révéler votre personnalité. (Il espérait que ce programme plairait à Anouchka et poursuivit :) Ce soir, lorsque vous monterez vous préparer pour dîner, vous trouverez dans votre chambre plusieurs robes que j'ai commandées pour vous en attendant que vous puissiez choisir vous-même les modèles de Worth. J'espère qu'elles vous conviendront. Vous trouverez aussi les parures qui les accompagnent.

— Il faudra que quelqu'un m'aide à m'habiller, toute seule, je n'y arriverai jamais.

— Ne vous inquiétez pas ! Votre femme de chambre s'en occupera et le meilleur coiffeur de Paris sera à votre disposition. Lorsque vous sortirez de ses mains, vous vous sentirez différente.

— Un coiffeur ! s'étonna Anouchka. Vous voulez dire que c'est un homme qui va me coiffer ?

— En effet. Et le meilleur. Henri est très célèbre. Lorsqu'il consent à s'occuper de quelqu'un, il loue ses services à prix d'or.

— Si j'ai bien compris, c'est non seulement très compliqué, mais tout à fait ruineux de devenir une femme du monde. J'espère que je serai digne de cette situation.

Le regard d'Anouchka était si expressif que le duc pouvait lire ses pensées. Elle réfléchissait qu'en acceptant autant de lui elle se comportait comme l'une de ses maîtresses et se demandait quelle était la différence entre une maîtresse et une épouse légitime. Que dirait-elle lorsqu'il le lui expliquerait ?

Mais il n'avait pas oublié la promesse faite à sa sœur : il décida d'éviter tout sujet qui pût rendre le serment trop difficile à tenir pendant les trois mois fatidiques.

Lorsqu'elle pénétra dans le salon, avant le dîner, Anouchka portait une robe ravissante. Sans avoir la griffe inimitable qui faisait le génie de Worth, elle n'en semblait pas moins avoir été conçue pour elle.

La jupe de tulle, d'un rose très délicat, tombait jusqu'à terre en s'évasant plus largement dans le dos. Le corsage, taillé dans le même tissu, découvrait largement les épaules et faisait apparaître l'éclat nacré de sa chair, que le duc apercevait pour la première fois.

Elle s'avançait vers lui et offrait un tableau si parfait et si adorable qu'il eut la tentation de l'applaudir.

La coiffure d'Anouchka était un chef-d'œuvre. Des bandeaux encadraient son visage, suivant la mode lancée en Angleterre par la princesse de Galles. Ils accentuaient l'ovale classique qui avait frappé le duc lors de leur première rencontre.

Anouchka ne possédait pas la carnation presque transparente de Cléodel, néanmoins, sa jeunesse et sa pureté étaient éclatantes. Ce n'était pas aux traits enfantins de son visage qu'elle devait son air d'innocence, contrairement à Cléodel, mais à leur expression.

Arrivée près du duc, elle dit, en riant :

— Vous aviez raison, monseigneur, je suis devenue une autre. Pendant que je me préparais, mon miroir me renvoyait l'image d'une étrangère. Pourtant, une chose me préoccupe. (Elle cessa de sourire et ajouta d'une voix qui tremblait légèrement de nervosité :) Est-ce bien correct de porter un pareil décolleté ?

Elle n'avait pas rougi sous le regard du duc mais elle ne cachait pas son malaise.

Celui-ci la rassura :

— C'est tout à fait correct, Anouchka. Et je vais même ajouter qu'une robe de dîner devrait être un peu plus décolletée.

— Décidément, je ne comprends plus. Il fait plus froid le soir que pendant la journée et c'est le soir qu'on se découvre. Ce n'est pas très raisonnable, surtout en hiver.

— Ce n'est peut-être pas raisonnable, mais combien plus joli.

— Comment cela ?

— Imaginez le spectacle de jolies femmes habillées comme vous l'êtes en ce moment et évoluant sur le parquet d'une salle de bal au bras de leurs cavaliers, semblables à des cygnes blancs.

Pendant qu'Anouchka, rêveuse, réfléchissait à l'étrange réponse qu'il venait de lui faire, le duc prit un écrin de cuir vert posé sur la table près de lui et il le lui tendit. Elle leva un regard interrogateur. Il déposa l'écrin entre ses mains :

— Pour vous remercier d'être si belle. Considérez que c'est un cadeau de mariage, destiné à compenser ceux que nous n'avons pu recevoir puisque j'ai précipité les événements. D'un autre côté cette hâte nous a épargné les vases, services à dessert et candélabres variés dont on inonde habituellement les jeunes mariés. Par la même occasion nous échappons à la corvée des lettres de remerciements.

— On fait des cadeaux aux gens qui se marient ?

— Oui, répondit-il ironiquement, par douzaines.

Il pensait aux innombrables présents qui s'accumulaient dans la salle de bal de sa propriété de Park Lane.

— Est-ce l'habitude aussi que les époux se fassent des cadeaux entre eux ? demanda Anouchka. Je n'ai rien pour vous.

— Vous m'en achèterez un plus tard.

— Mais je n'ai pas d'argent.

— Ma sœur ne vous a pas dit que vous étiez riche ?

— Moi ?

— Mais oui.

— Vraiment ? Alors, pap...

Elle s'arrêta brusquement en se mordant la lèvre.

— Je voudrais que vous finissiez votre phrase, demanda le duc.

Anouchka secoua la tête.

Le duc insista :

— Voyons, qu'alliez-vous dire ?

Anouchka ne répondit pas, elle fixait l'écrin de cuir qu'elle tenait toujours entre ses mains. Elle fit jouer le fermoir et souleva le couvercle.

Sur la doublure de velours noir, une parure de diamants brillait de mille feux : collier, bracelet, boucles d'oreilles et une bague. Elle les contempla d'un air émerveillé, ce qui lui évitait de répondre à la question du duc.

Il n'insista pas.

— Ces bijoux sont à vous, à vous seule. Vous porterez aussi, comme chaque duchesse de Ravenstock, tous ceux de la famille qui se transmettent de génération en génération.

— Ils sont magnifiques. Je ne pensais pas en avoir un jour de semblables.

— Ils vous appartiennent, je vais vous les mettre.

Il prit le collier et le lui passa autour du cou pour attacher le fermoir. Combien de colliers avait-il ainsi passés au cou de femmes avides d'en recevoir ? Il chassa ces souvenirs.

C'était la première fois de sa vie qu'il accomplissait ce geste pour une femme qui n'en avait jamais possédé.

Il attacha les boucles, conçues pour être portées sans percer les oreilles, aux lobes fragiles. En fixant la seconde, il vit, dans le miroir qui leur faisait face, qu'Anouchka surveillait attentivement ses gestes. Il trouva que les boucles étaient bien lourdes pour d'aussi petites oreilles et craignit qu'elles ne fussent pénibles à porter. Mais elles resplendissaient comme le reste de la parure et Anouchka souriait :

— Si j'avais une couronne, j'aurais l'air d'une reine.

— Chercheriez-vous à me faire comprendre que j'aurais dû vous offrir également un diadème ? plaisanta le duc.

Elle le regarda, cherchant à savoir s'il était sérieux :

— Vous êtes si généreux que je ne vous demanderai jamais rien. Vous me comblez. Mais je sais tout de même ce que c'est qu'un diadème. Faut-il en porter un dans certaines circonstances ?

— Sans aucun doute, répondit le duc. C'est de rigueur aux réceptions et aux bals, et surtout aux dîners du château de Marlborough, chez le prince et la princesse de Galles.

D'un air malicieux, Anouchka tira sa conclusion :

— Après tout, c'est un couvre-chef comme un autre.

La repartie amusa le duc qui se mit à rire.

— La description est excellente. Mais il n'y a rien là qui doive vous inquiéter, je serai toujours là pour vous dire ce que vous aurez à faire.

— C'est tout ce que je souhaite, répondit Anouchka. Vous savez tant de choses et qui m'étonnent tellement ; par exemple, comment avez-vous appris à choisir des robes de femmes ? Car vous avez commandé les miennes, et elles sont parfaites. Vous savez aussi comment les femmes doivent s'habiller en différentes circonstances et il me semble, à moi, que la plupart des femmes seraient embarrassées s'il leur fallait décider de ce qu'un homme doit porter. (Elle parlait comme si elle s'adressait à elle-même. Aussi, reprit-elle vivement :) Ne faites pas attention à mes paroles. Je suis sûre que ce sont des bêtises. Mais tout cela est si étrange pour moi qui ai vécu au milieu de religieuses qui ne savaient rien des hommes. Je n'aurais jamais imaginé que des hommes puissent montrer autant d'intérêt pour des femmes.

— Pas pour toutes les femmes, pas pour les religieuses ! répondit le duc.

— Pour lesquelles ?

— Celles dont la plupart des hommes, dont je suis, recherchent la compagnie parce qu'il est agréable de passer le temps avec elles.

— Mais qui sont-elles ?

— Des femmes très attirantes, que j'aime regarder, que j'aime admirer et... (Le duc hésita, avant de conclure brusquement :) ... des femmes à qui j'aime faire l'amour parfois !

— Même si vous n'êtes pas marié avec elles ?

Le duc hocha la tête.

Anouchka demanda :

— Alors ces femmes avec qui vous faites l'amour sont vos maîtresses ?

— Pas toujours, répondit le duc. Comme je vous l'ai dit cet après-midi, il est trop tôt encore pour que j'entre dans les détails, nous en reparlerons plus tard.

En même temps qu'il parlait, il se disait que ce ne serait vraiment pas facile de lui expliquer la différence entre une maîtresse qui est courtisane, ou celle que la Bible appelle une prostituée, et une femme du monde avec laquelle on a une *affaire de cœur*. Pour éviter de répondre à ces questions, le duc prit, dans l'écrin, le lourd bracelet de diamants et le passa au poignet d'Anouchka. Puis il lui glissa la bague au doigt. Et le maître d'hôtel annonça que le dîner était servi, dispensant ainsi le duc d'explications qui pouvaient devenir périlleuses.

Après un exquis repas aux chandelles, sur une table entièrement décorée de fleurs blanches, le duc, sans s'attarder à se faire servir le traditionnel porto, accompagna Anouchka au salon.

— Il est encore très tôt dans la soirée, aussi je vous propose une promenade en ville et de vous faire découvrir un des aspects de Paris la nuit. Nous irons au restaurant, si vous le voulez bien, et demain je vous emmènerai au théâtre.

Anouchka ouvrit de grands yeux :

— Est-ce vraiment possible ?

— Je ne vois pas ce qui pourrait nous en empêcher si nous le désirons, à moins que vous n'aimiez ni le théâtre ni l'opéra.

— Ah ! mais je veux tout voir : le théâtre et l'opéra.

— Nous exaucerons ces désirs, répondit le duc. Ce soir, nous commençons par un restaurant où l'on danse et nous y souperons.

Anouchka se rembrunit :

— Vous savez bien que je ne sais pas danser.
— Je vous ferai donner des leçons dès que possible, en attendant je vous apprendrai moi-même quelques pas.
— Ce serait très amusant, mais que dirait la Mère supérieure ?
— Vous n'êtes plus au couvent et, désormais, je suis seul juge de ce qui est convenable pour vous et je suis responsable de vous, en tant que votre mari.
— J'ai honte d'être tellement ignorante de choses qui vous sont extrêmement familières comme de tout ce dont vous me parlez.
Le duc lui sourit.
— Il n'y a aucune raison. Ne vous ai-je pas dit que je serai votre professeur ? Je vous ai promis de vous enseigner ce que vous ne savez pas encore et je vous assure que c'est une tâche très amusante pour moi. Vos réactions sont si vives, si spontanées, si différentes de celles que j'attendais.
Anouchka demanda :
— Mais qu'attendiez-vous ?
Le duc hésita, puis déclara :
— Je redoutais que vous n'ayez des réactions de petite jeune fille prude, je craignais que vous ne désapprouviez ce que je disais...
Anouchka le regarda en souriant :
— Comment pourrais-je critiquer quoi que ce soit ? Tout est si amusant et si nouveau.
Le duc était étonné :
— Qu'est-ce qui peut bien vous amuser ?
— Mais... tout ! La tête des domestiques si compassés dans leurs livrées impeccables, les

nourritures qu'ils présentent sur des plats somptueux d'argent massif... Et c'est drôle aussi que vous ayez tant de maisons, vous qui êtes célibataire, sans femme ni enfants pour vous y tenir compagnie.

Le duc répondit tranquillement :

— Voilà une chose à laquelle nous pourrions remédier.

— Vous voulez dire que nous pourrons avoir des enfants ?

— Je l'espère sincèrement.

— Moi aussi, déclara Anouchka. Mais comment ferons-nous ? Au couvent, on nous racontait tout le temps que nous étions les enfants de Dieu, mais, en revanche, on ne nous a jamais expliqué comment nos parents nous avaient mis au monde.

Le duc parvint à garder son sérieux :

— Voilà une question qui mérite réflexion. Mais voulez-vous qu'une fois encore nous remettions la réponse à plus tard ? La voiture nous attend : partons voir les « Lumières de la Ville » !

Anouchka sourit, tout excitée de joie, les yeux brillants. Elle ne tenait pas en place.

Un valet de chambre lui présenta une étole d'hermine. Le duc jeta une cape doublée de satin rouge sur ses épaules et prit des mains du serviteur son chapeau haut de forme, ses gants et sa canne à pommeau d'ivoire.

Dès qu'il eut rejoint Anouchka dans la voiture, elle lui demanda :

— Pourquoi prenez-vous une canne, puisque nous ne marcherons pas ?

— C'est l'usage, lorsque l'on sort le soir.

— Comme une femme du monde tient un éventail ?

— Exactement.

— C'est drôle de faire toutes ces choses.

— Je n'y ai jamais fait attention, admit le duc, mais effectivement cela peut paraître surprenant, une coutume qui oblige à tenir ses gants à la main, c'est traditionnel et complètement inutile.

— Mais moi, j'ai enfilé mes gants, est-ce convenable ?

— Bien sûr, répondit le duc, une lady doit toujours porter des gants lorsqu'elle n'est pas chez elle.

— Toujours ?

— Oui. Ce serait de mauvais goût d'avoir les mains nues.

— Mais en revanche on peut avoir les épaules nues et un très large décolleté.

— Je reconnais que cela peut paraître bizarre, mais ce n'est pas moi qui ai décidé de la mode et j'avoue qu'elle a beaucoup évolué depuis que notre mère Ève s'habillait d'une feuille de vigne après avoir été chassée, avec Adam, du Paradis terrestre.

Anouchka l'écoutait en riant :

— Vous pensez vraiment que c'était pour obéir à la mode qu'Adam et Ève avaient choisi une feuille de vigne ? Lorsque les prêtres chargés de notre éducation, au couvent, nous expliquaient ce passage de la Bible, ils insistaient sur le fait qu'ayant commis un péché ils avaient pris conscience de leur nudité et en avaient eu honte.

— Je comprends l'embarras de vos maîtres à la perspective d'aborder ces questions devant d'innocentes jeunes filles.

— Je ne vois vraiment pas pourquoi, répliqua Anouchka avec une logique imperturbable. Est-ce que nous ne naissons pas tout nus ?

— Heureusement que nous ne le restons pas, répliqua le duc. Imaginez l'hiver s'il fallait aller nu ! Et la mode a parfois des indulgences bien agréables. Une robe bien coupée peut cacher de vilaines jambes ou une trop forte poitrine qui feraient fuir les admirateurs.

Anouchka éclata de rire.

— Au couvent, il était interdit de parler de nos jambes. Certaines d'entre nous en avaient de très laides, grosses. Par bonheur, les miennes sont minces.

Amusé par cette réflexion, le duc fut sur le point de lui demander de les lui montrer, mais s'en abstint.

Il était évident qu'Anouchka lui parlait sur le ton avec lequel elle s'adressait à ses amies. Lorsqu'il avait demandé à sa sœur de lui trouver une femme « chaste et pure », il n'avait pas songé qu'elle pût être, en même temps, si profondément ignorante des choses de la vie.

Or, c'était le cas d'Anouchka. Elle n'avait jamais approché d'homme de sa vie et, de toute évidence, ses sens étaient encore en sommeil. Visiblement, elle ignorait aussi comment les hommes étaient faits et ce n'étaient pas les prêtres qu'elle avait rencontrés dans son couvent qui auraient pu l'éclairer là-dessus.

Elle aurait pu se souvenir d'hommes rencontrés

avant son entrée au cloître. A ce propos, le duc se souvenait des paroles concernant son père qu'elle avait failli prononcer lorsqu'il lui avait annoncé qu'elle était riche. Il était certain, qu'à ce moment, Anouchka avait pensé que cet argent lui venait de son père et qu'il était mort.

Il aurait donné cher pour en savoir davantage. Comme il aimait se dépasser sur un terrain de sport, il aimait aussi appliquer son esprit à résoudre des questions qui l'intriguaient. Celle des origines d'Anouchka l'intéressait au plus haut point. Il était déterminé à éclaircir ce mystère.

Il voulait remonter les maillons de la chaîne qui lui permettraient de connaître les circonstances qui avaient amené Anouchka au couvent. Il saurait — il l'avait décidé — le nom de ceux qui avaient assuré sa vie matérielle et payé les frais de son éducation, de ceux qui, pour finir, lui avaient laissé une fortune.

Les paroles qu'Anouchka avait été sur le point de prononcer semblaient laisser supposer que son père était au cœur de ce mystère. De cela, le duc était à peu près certain. Ce qu'il ne comprenait pas c'était le drame qui lui avait interdit de donner signe de vie à sa fille pendant de si longues années !

Pourquoi un père riche se serait-il caché ? Le duc aurait plus facilement admis l'existence d'une mère, contrainte de se débarrasser d'un « enfant de l'amour », tout en se débrouillant pour assurer son avenir matériel.

« Il faut que je découvre la vérité », se dit-il.

Il éprouva un soudain enthousiasme pour la tâche qu'il venait de s'assigner, il ressentit le plaisir du chasseur qui va partir sur une piste fraîche et ce plaisir fut tel qu'il effaça le souvenir de Cléodel.

L'endroit choisi par le duc pour faire découvrir à Anouchka la vie nocturne de la capitale était l'un des restaurants les plus élégants de Paris. Après le dîner, on repoussait les tables sur les côtés de la salle, libérant un vaste espace qui formait la piste de danse. Un orchestre jouait les airs à la mode.

Le duc s'était fait réserver une table à une mezzanine, dans une sorte d'alcôve, qui dominait la salle et d'où l'on avait une meilleure vue sur les danseurs.

Après l'excellent dîner servi à la maison, le duc commanda un souper léger : champagne et caviar ; il était sûr qu'Anouchka n'en avait jamais mangé dans son couvent du Sacré-Cœur. Les serveurs l'apportèrent sur un plat d'argent où étaient disposés des bols contenant des grains noirs, brillants. A cette vue, Anouchka eut un mouvement que le duc ne comprit pas. Aussi il lui expliqua :

— C'est du caviar de Russie, un des plats les plus recherchés par les gourmets, il est généralement très apprécié.

— Je le sais, répondit Anouchka.

Sa respiration était plus courte, le duc l'observait attentivement :

— Vous savez ce que c'est ?

— Je pensais que je n'aurais plus jamais l'occasion d'en manger.

Le duc ne dit mot. Il tenait un nouvel indice, sérieux, celui-là.

D'après les quelques explications que lui avait données sa sœur, il était à peu près certain que la mère d'Anouchka était russe. Il se souvenait de son dernier voyage à Saint-Pétersbourg, cinq ans plus tôt, et de la beauté des femmes rencontrées au Palais d'Hiver. Il retrouvait en Anouchka leurs grands yeux au regard mystérieux et leur beauté orientale.

Mais Anouchka n'avait pas tout à fait le type russe. C'était sans doute parce que son père était anglais. La combinaison des deux races lui donnait ce charme si particulier et constituait la séduction de sa personnalité.

Il attendit qu'Anouchka eût achevé son caviar ; elle mangeait rapidement, dédaignant les toasts qu'on lui avait servis.

Lorsqu'elle eut achevé, il lui demanda :

— En voulez-vous encore ?

— Serait-il déplacé que je réponde oui ?

— Je suis très heureux que vous l'aimiez, répondit le duc, c'est également un plat que j'apprécie énormément et je parierais qu'on ne vous en donnait guère au réfectoire du couvent.

— Je pense qu'à l'exception de Notre Révérende Mère aucune des religieuses ne sait ce que c'est.

Le duc essaya de la faire parler davantage :

— Je suis surpris que vous ayez souvenir d'avoir mangé du caviar dans votre enfance ; les enfants n'ont pas le goût suffisamment formé et je pense qu'ils doivent trouver le caviar trop huileux, ajouta-t-il, fier d'avoir trouvé ce biais pour l'amener à en dire plus.

Ce fut peine perdue. Anouchka détourna les yeux vers la piste de danse et, lorsqu'elle reprit la parole, ce fut avec l'intention évidente de changer de conversation.

— Je crois que Notre Révérende Mère trouverait extrêmement choquante la manière dont les danseurs serrent leurs cavalières.

— Mais la Révérende Mère n'est pas là et je suis seul avec vous, Anouchka. Or, vous éludez toutes mes questions. Pourtant, vous étiez d'accord avec moi pour que nous soyons francs l'un envers l'autre.

Elle le regarda longuement avant de répondre :

— Je vous en prie... ne m'en veuillez pas... ne vous fâchez pas. Mais je ne peux pas... je ne peux pas vous répondre.

— Mais pourquoi ?

— J'ai donné ma parole.

— A qui ?

— A cela non plus je ne peux pas répondre.

— Je comprends que vous respectiez votre parole et gardiez le silence. Mais il y a quelqu'un pour qui vous devez faire exception à cette règle.

— Qui ?

— Votre mari. Ne savez-vous pas que le mariage célébré aujourd'hui fait de nous une seule et même personne. Nous nous devrons une loyauté mutuelle et vous ne devez rien de tel à personne d'autre.

Anouchka resta silencieuse un moment avant de lever les yeux :

— Êtes-vous certain de ce que vous me dites ?

— C'est ainsi que je comprends le mariage et votre confesseur, si vous l'interrogiez, vous répondrait la même chose.

Anouchka soupira :

— Il faudra que vous m'expliquiez en détail ce que signifie le mariage car les religieuses et les novices ne sont pas autorisées à aborder ce sujet.

— Mais vous êtes mariée désormais, répondit le duc, et je suis là pour vous expliquer ce que c'est qu'un mari... et aussi pour vous dire ce qu'une femme doit faire ou ne pas faire.

Anouchka avait à nouveau détourné les yeux, elle regardait la piste de danse, mais elle ne perdait pas un mot de ce que lui disait le duc.

Il estima cependant qu'il ferait une erreur en insistant. Il ne voulait commettre aucun impair en poursuivant cette conversation si peu de temps après la célébration de leur mariage.

Il était conscient du problème. Compte tenu de la vivacité et de l'intelligence d'Anouchka, ce ne serait pas facile de maintenir la conversation sur un ton familier et banal, en traitant de sujets anodins, alors qu'elle était intriguée par tout ce qui constituait la vie réelle. Il devait être prudent car il ne voulait pas la blesser.

Il allait lui faire découvrir tant d'horizons nouveaux, tant de choses dont elle ignorait jusqu'à l'existence.

En songeant à tout cela, le duc se disait qu'Anouchka n'était pas seulement vive et intelligente, cela ne faisait pas de doute, mais qu'elle était plus encore : Anouchka était unique.

Il n'était pas le seul à en prendre conscience. Les regards des autres convives, à leur entrée dans le restaurant, avaient été révélateurs. Les hommes avaient dévoré Anouchka des yeux et, à présent encore, leurs voisins de table ne pouvaient s'empêcher de la regarder.

Elle était complètement inconsciente de l'admiration qu'elle provoquait, posant ses yeux purs et enfantins sur le décor qui l'entourait.

« Voici comment elle regarde le monde, songeait le duc, mais sa personnalité n'est pas encore éclose, qu'est-ce que ce sera lorsque l'esprit lui viendra !... Elle fera tourner plus d'une tête ! »

La piste grouillait de danseurs à présent. Les couples se pressaient. L'un d'eux, qui avait sans doute trop arrosé son repas, heurtait les autres avec maladresse. A un moment, la femme glissa et tomba.

Anouchka pouffa nerveusement.

— Le sol est-il si glissant ?

— Non, mais ceux-là avaient sans doute trop bu et ne tenaient plus sur leurs jambes.

Anouchka fronça les sourcils.

— J'ai entendu parler de l'ivrese mais je ne savais pas que cela vous gênait pour marcher ou danser.

— Pas toujours. La plupart du temps cela rend les gens bruyants et les fait rire et parler trop fort.

Le duc surprit une lueur d'appréhension dans les yeux d'Anouchka, elle repoussa sa coupe de champagne, comme si elle redoutait de boire davantage.

Le duc lui sourit pour la rassurer :

— Vous ne risquez pas de vous enivrer, je suis là pour veiller à ce que rien de fâcheux ne vous arrive.

— Oh, oui, je vous en prie, répondit vivement Anouchka. Ce serait horrible s'il m'arrivait quelque chose de semblable ! Cette femme... je ne veux jamais me trouver dans sa situation.

Le duc regarda vers la piste. Deux hommes s'efforçaient de relever la danseuse qui gloussait stupidement. Les couples qui passaient près d'elle lui jetaient des regards dédaigneux et haussaient les épaules avec ce mépris hautain que les Français savent si bien affecter.

Anouchka évitait de regarder dans sa direction, elle était mal à l'aise. Enfin, elle se tourna vers le duc :

— Je trouve cette scène... répugnante. Je n'aime pas qu'une femme se comporte de cette manière... et je n'aime pas non plus assister... à ce spectacle. Je vous en prie, est-ce que nous ne pourrions pas... nous en aller ?

— Bien sûr. Je crains de n'avoir pas eu une bonne idée en vous emmenant ici.

Le duc se leva, jeta une liasse de billets sur la table et demanda que l'on fasse avancer la voiture. Aussitôt le maître d'hôtel s'y employa.

Dehors, la nuit était resplendissante et les étoiles brillaient si intensément que le duc ordonna à son valet de pied de baisser la capote de la calèche.

Anouchka le regardait. Elle parla d'une petite voix saccadée :

— Je suis tellement... désolée de vous avoir gâché votre plaisir.

— Mais pas du tout, répondit le duc. Le spectacle auquel nous venons d'assister est tout à fait exceptionnel dans un restaurant de cette qualité. Nous n'avons pas eu de chance, car c'est un endroit élégant, mais je vous assure que ces scènes sont rares.

Il aperçut, en achevant sa phrase, qu'Anouchka ne l'écoutait plus. La tête renversée contre les coussins, elle contemplait le ciel. Les lumières éclairaient au passage son profil très classique et très pur et la longue courbe de son cou où étincelaient les diamants de la rivière.

Baignée par cette lumière argentée, sa beauté paraissait plus éthérée que dans la journée.

Ils roulèrent un moment en silence. Après un moment, Anouchka dit pensivement :

— C'est curieux que par une nuit semblable des hommes et des femmes aillent s'entasser dans une pièce étouffante et mal éclairée pour danser, au lieu de rester dehors à regarder les étoiles.

— La danse permet aux hommes et aux femmes de se rapprocher, répondit le duc... et les étoiles sont si loin !

Anouchka se tourna vers lui :

— Les hommes et les femmes que nous avons vus ce soir se serraient les uns contre les autres parce qu'ils s'aimaient ?

— Pas nécessairement. Parmi les femmes qui fréquentent ces endroits, certaines ne sont pas mariées et cherchent un parti ; quant aux hommes, la plupart du temps ils trouvent agréable de danser avec des femmes séduisantes.

Anouchka réfléchit avant de déclarer :

— Je ne crois pas que j'aimerais danser, mais si l'envie m'en venait, il me semble que je trouverais plus agréable de danser toute seule.

## 5

La journée du lendemain fut remplie des rires et exclamations joyeuses d'Anouchka qui s'amusait de tout ce qu'elle découvrait.

De son côté, le duc était enchanté de cette fraîcheur d'âme dont il n'avait guère l'habitude. Anouchka avait pris autant de plaisir au Bois de Boulogne que les enfants que l'on y conduisait chaque jour pour jouer. Elle aimait s'y sentir comme à la campagne, au milieu des grands arbres où se dissimulaient de somptueuses propriétés. Un peu plus loin, elle assista au spectacle du théâtre du Guignol, elle contempla le manège de chevaux de bois, les marchands de gaufres, de ballons, de jouets et les conducteurs de petites voitures à ânes qui emmenaient les enfants faire un tour.

Aux exclamations d'Anouchka et à ses éclats de rire, le duc, qui ne cessait de l'observer, se rendait compte qu'elle découvrait toutes ces choses et qu'elle ne les avait pas connues dans son enfance. Il brûlait de lui poser des questions, mais il craignait qu'elle ne s'enferme alors dans un silence qu'il ne parviendrait pas à briser; il s'abstint donc de l'interroger.

Il l'emmena faire un tour en calèche découverte pour lui faire découvrir le Paris qu'elle ne connaissait pas encore. On était en train de construire la tour Eiffel, ils s'arrêtèrent devant le chantier; Anouchka examina avec stupeur les pieds de fer qui jaillissaient du sol:

— Comment a-t-on inventé une pareille horreur ?

— Ce n'est peut-être pas quelque chose de très esthétique, en effet, admit le duc, mais pensez à l'audace d'une telle conception. La tour sera le clou de la future Exposition universelle et imaginez la vue exceptionnelle que l'on découvrira du sommet lorsqu'elle sera achevée.

— Elle sera donc très haute ?

— Trois cents mètres.

Les quais de la Seine passionnèrent Anouchka, il faut dire que le trafic y était très intense. Les bateaux-mouches remontaient et descendaient le courant avec leurs lampions et leurs banderolles et l'on entendait le rire des lavandières affairées aux bateaux-lavoirs.

Sur les Boulevards, Anouchka alla de surprise en surprise, elle n'avait jamais vu pareille foule, des badauds, des gens assis à la terrasse des cafés : dandys, femmes du monde et du demi-monde. La plupart de ces gens étaient habillés de couleurs voyantes à la dernière mode, mais certains portaient des vêtements tout à fait excentriques.

Anouchka trouvait leur agitation comique : ce remue-ménage lui semblait très insolite et elle était complètement déconcertée par les extravagances de la mode et les vêtements outranciers qu'affichaient certains promeneurs. La robe qu'elle portait elle-même était cependant coupée à la dernière mode mais elle respectait un parti pris de classicisme et se contentait de souligner sa grâce et de rehausser le côté altier de sa démarche.

Pour achever cette promenade, le duc s'arrêta rue de la Paix, devant la maison de couture de Frédéric Worth. Ce chemin lui était familier. Combien de jeunes et jolies femmes n'avait-il pas conduites à cet endroit, et toutes parlaient du couturier avec des frémissements d'envie dans la voix en entrant dans le saint des saints. Ces compagnes épisodiques du duc avaient toutes manifesté une déférence absolue au dieu de la couture, à l'inventeur de la mode parisienne, elles s'étaient pliées à ses exigences et auraient fait n'importe quoi pour qu'il consente à créer des modèles pour elles.

Aussi le duc attendait-il avec le plus grand intérêt la réaction d'Anouchka. Comme il commençait à la connaître, il se demandait quelle serait son attitude en présence du « Maître ». Il remarquait déjà un pli moqueur qui se dessinait au coin de ses lèvres et un pétillement malicieux dansait au fond de ses prunelles.

Vêtu d'une veste aux parements de fourrure, coiffé d'une toque laissant échapper des mèches de cheveux gris, parlant d'un ton ampoulé, le couturier offrait un spectacle assez extraordinaire. Il connaissait le duc de longue date : c'était l'un de ses meilleurs clients ; il dépensait sans compter ; aussi Worth se montra extrêmement empressé pour le satisfaire.

Il étudia Anouchka d'un œil critique avant de manifester à quel point il appréciait sa beauté. A la fin de cet examen il déclara d'une voix qui ne sentait pas trop le marchand mais paraissait tout à fait sincère :

— Ce sera un réel plaisir, monsieur le duc, d'habiller la duchesse dont la beauté piquante est bien différente de celle de mes clientes habituelles.

Anouchka se tourna vers son mari pour déterminer si cette réflexion était ou non un compliment. Le duc lui sourit et répondit, imperturbable :

— Je désire une garde-robe complète pour la duchesse et je serais heureux que vous puissiez la réaliser le plus vite possible.

Alors, sur un signe du « Maître », une foule de couturières et de « petites mains » s'avancèrent, présentant des étoffes de rêve : soies, brocarts, lamés d'or et d'argent, dentelles et tulles aux couleurs chatoyantes. Worth tournoyait autour d'Anouchka, drapait les tissus autour d'elle, les jetait sur ses épaules, les retenait autour de sa taille, harmonisant les couleurs avec lesquelles il jouait et on eût dit qu'il jonglait avec un arc-en-ciel.

Tout en tournoyant autour d'Anouchka, il prenait des notes et dessinait des esquisses rapides sur un bloc de papier que l'un de ses assistants tenait à sa disposition. Après avoir choisi les tissus, il réclama une foule d'accessoires qu'il voulait assortir aux toilettes qu'il allait créer pour Anouchka.

Emportée par ce tourbillon, Anouchka se trouva bientôt incapable de donner le moindre avis et de choisir entre les diverses propositions que lui faisait le couturier. Le duc prit alors les choses en main, demanda quelques explications, examina les esquisses du célèbre couturier, proposa quelques modifications infimes et c'est lui qui, finalement, choisit les robes. Anouchka était ravie de laisser son mari décider à sa place.

Lorsqu'ils sortirent, Anouchka avait la tête qui tournait ; il lui fallut un moment avant de reprendre ses esprits. Elle respira longuement l'air frais de la place Vendôme et retrouva son rire et sa gaieté. Le duc, qui s'était beaucoup amusé en l'observant, lui déclara sur un ton à demi sérieux.

— Comment osez-vous rire alors que vous venez de rencontrer l'un des hommes les plus illustres de Paris ?

— C'était trop drôle, répondit Anouchka. Tout ce petit monde s'agitait autour de lui et il donnait ses ordres comme s'il s'était agi de la création du monde et non d'une simple robe.

— Mais c'est un crime de lèse-majesté, Anouchka, est-ce que vous vous en rendez compte ? S'il apprenait que vous commettez un pareil blasphème, soyez certaine que Worth refuserait de vous habiller, et en dépit de tout mon crédit, je ne pourrais rien pour le faire revenir sur sa décision ; que feriez-vous dans ce cas ?

— J'en serais réduite à me procurer des feuilles de vigne comme Ève, mais j'irais les chercher au Bois de Boulogne et non dans le jardin d'Éden !

Ils éclatèrent de rire.

Pour déjeuner, le duc choisit le *Pré Catelan*, dans le Bois de Boulogne. Sur le chemin, ils croisèrent de séduisantes amazones qui galopaient entre la porte Dauphine et le champ de courses d'Auteuil.

La promenade les avait mis en appétit et ils furent contents de faire halte à l'ombre des grands arbres qui surplombaient les tables : ils allaient se rafraîchir et bavarder en paix !

Mais le duc avait oublié qu'il rencontrerait au *Pré* nombre de ses relations du Tout-Paris et que son intimité avec Anouchka risquait d'être troublée par la nécessité de certaines mondanités. Il était trop tard pour reculer et, bien qu'il redoutât la vague de curiosité que la présence d'Anouchka à ses côtés allait susciter, il s'avança vers la table qu'il avait demandée un peu en retrait. Il ne put se dispenser de présenter sa femme aux amis qu'il croisa en chemin.

Tout en marchant, il dit à Anouchka :

— Nous allons faire un repas léger car, ce soir, j'ai l'intention de vous conduire dans un restaurant célèbre où l'on ne danse pas, mais où l'on savoure une cuisine exceptionnelle.

— Décidément, il me semble que les Français sont des gens extrêmement gourmands. N'ont-ils que cela en tête ?

— Je crois qu'ils ont deux passions.

— Quelle est donc la seconde ?

— L'amour !

Anouchka ouvrit de grands yeux :

— L'amour ? Sur le même plan que la cuisine ? Est-ce que l'on apprend les deux de la même manière ?

Le duc ne put réprimer un sourire :

— Pas vraiment, mais les Français n'en considèrent pas moins que l'amour est un art au même titre que la peinture, la musique, la sculpture et, il faut bien l'avouer... la cuisine.

Anouchka demeura un instant pensive avant de déclarer :

— L'amour est sûrement un très vaste sujet.

— L'art d'aimer, reprit le duc, les Français y sont passés maîtres. Ils y consacrent une partie de leur vie.

Ils en étaient là lorsqu'ils furent rejoints par trois personnes qui les considérèrent en poussant des exclamations de surprise. Celles-ci interrompirent les pensées dans lesquelles la réponse du duc avait plongé Anouchka.

Une femme d'une rare élégance était au centre de ce groupe. Le duc, il n'y avait pas si longtemps, avait eu avec elle une liaison tumultueuse qui avait pris fin lorsque le mari, diplomate à la cour de Saint-James, avait été nommé à un autre poste.

La comtesse de Portalès était visiblement consciente du pouvoir de son irrésistible beauté. Sa chevelure flamboyante et ses grands yeux verts avaient fait des ravages dans toutes les cours où les postes de son mari l'avaient conduite.

Quant aux deux amis français qui l'escortaient, ils faisaient partie du cénacle des amis du duc.

Après les salutations d'usage, la comtesse attaqua :

— J'avais l'intention de vous faire signe dans l'après-midi, cher Raven, pour vous présenter, avec mes félicitations, tous mes vœux de bonheur. Vous savez à quel point je souhaite de vous voir heureux.

Fixés sur le duc, ses yeux disaient clairement qu'il aurait bien du mal à trouver ce fameux bonheur avec une autre qu'elle. Dédaignant cette arrogance, le duc lui baisa la main avec beaucoup de déférence :

— J'accepte vos vœux, chère amie, et me permettez-vous de vous présenter ma femme ? (Il se tourna vers Anouchka :) Anouchka, la comtesse de Portalès dont le départ a causé une perte irréparable à l'Angleterre.

La comtesse répondit à l'inclinaison de tête d'Anouchka, puis elle jeta au duc un regard un peu différent de celui avec lequel elle l'avait dévisagé auparavant ; ensuite, elle déclara :

— C'est une surprise d'apprendre votre mariage, Raven.

Et, sans lui laisser le temps de répondre, elle se tourna vers Anouchka pendant que le duc parlait avec ses amis ; elle lui glissa d'un ton aigre-doux :

— Nous étions très intimes, votre mari et moi ; il faisait partie de mes amis les plus chers. J'étais en droit d'espérer qu'il me ferait part de ses intentions avant de se marier.

Anouchka la regarda intensément et comprit pourquoi le duc lui avait porté tant d'intérêt : elle était d'une exceptionnelle beauté. Mais, sous son apparence courtoise, on sentait percer la méchanceté et, depuis qu'elle avait appris le mariage du duc, elle dissimulait mal une certaine aigreur. Cependant, elle dit :

— Il faudra que vous veniez me voir. Vous ne vous formaliserez pas, duchesse, si j'ai tant de souvenirs en commun avec votre mari. Raven est un si vieil ami.

Il y avait, cette fois, une note franchement agressive dans sa voix. Visiblement, le mariage du duc l'irritait au plus haut point.

Anouchka, qui devina la raison de son mécontentement, voulut en avoir le cœur net et demanda, le plus ingénument du monde :

— Étiez-vous la maîtresse de mon mari, madame ?

La comtesse de Portalès s'étrangla. La question d'Anouchka était si directe qu'elle ne sut que répondre. Elle rougit et lança d'une voix coléreuse :

— Comment osez-vous dire une chose pareille ? De toute ma vie, je n'ai rien entendu de si insolent.

Sa voix était devenue si perçante que le duc et ses amis, qui parlaient de leur côté, se retournèrent. Furieuse, la comtesse fit demi-tour et s'éloigna à grands pas. Les falbalas de sa robe flottaient derrière elle comme les plumes d'un dindon en colère. Ses deux compagnons balbutièrent des excuses et s'élancèrent à sa suite.

Le duc questionna Anouchka :

— Que lui est-il arrivé ? Que lui avez-vous dit pour la mettre dans cet état ?

— Je suis désolée si je l'ai blessée, répondit Anouchka.

En parlant, ils étaient arrivés à leur table ; elle s'assit pensive. Le duc insista :

— Que lui avez-vous raconté ?

Anouchka suivait la comtesse des yeux : elle gesticulait et semblait résolue à s'en aller sur-le-champ ; ses deux compagnons s'efforçaient de la calmer ; ils n'avaient assurément aucune envie d'être mêlés à un esclandre.

Anouchka tenta d'expliquer au duc qu'elle n'avait pas voulu insulter la comtesse. Simplement, elle n'avait pas trouvé d'autre explication à son comportement; elle conclut ses explications, que le duc trouvait infiniment évasives, en déclarant :

— Je ne pensais pas que mes paroles pouvaient la mettre en rage et je n'avais pas l'intention de l'insulter !

— Mais, à la fin, Anouchka, que lui avez-vous dit ?

Elle avoua :

— Elle avait l'air de tenir tellement à vous et elle insistait tant sur la profonde... amitié qui vous liait l'un à l'autre que je lui ai demandé si elle avait été votre maîtresse.

Un nuage passa sur le visage du duc, puis il éclata de rire.

Anouchka, qui guettait sa réaction, demanda :

— Vous n'êtes pas fâché ?

— Comment le pourrais-je ? Tout est de ma faute ! Et... de celle de Madame de Pompadour ! J'aurais dû être beaucoup plus explicite dans mes propos. C'était à moi, bien entendu, de songer à vous mettre en garde. Il ne faut jamais dire à une femme qu'elle est ou a été la maîtrese d'un homme, et surtout lorsqu'il s'agit d'une femme du monde. Le secret est de rigueur dans ces sortes d'affaires, même s'il s'agit d'un secret de polichinelle. On feint d'ignorer ces choses, c'est l'usage.

— Mais est-ce que je me trompe, dans ce cas ? La comtesse a été votre maîtresse, n'est-ce pas ?

— Anouchka, ne me poussez pas à trahir les secrets d'une femme et comprenez que je ne peux pas répondre à cette question.

— Pas même à votre femme ?

Une fois encore, le duc sentit qu'il allait s'enfoncer dans un labyrinthe inextricable. N'avait-il pas affirmé la veille qu'une franchise totale était indispensable entre époux ? Et c'était lui qui, à présent, faisait une entorse au pacte qu'il avait proposé à Anouchka. Il commençait cependant à se demander comment il avait pu mener une vie aussi frelatée jusqu'alors et les explications qu'il donnait à sa femme lui rendaient certaines lois de la bienséance un peu répugnantes.

Quant à Anouchka, elle était réellement désolée :

— Je regrette vraiment d'avoir dit quelque chose d'inopportun, mais je vous avais prévenu : je suis beaucoup trop ignorante pour être digne d'être votre femme.

— Mais non, Anouchka, cet incident n'a rien à voir avec notre mariage. C'est comme si vous me disiez que vous ne devez pas fréquenter l'école parce que vous y avez récolté une mauvaise note. Ce qui me paraît beaucoup plus regrettable c'est de constater que votre nouveau maître ne se montre pas à la hauteur de sa tâche.

Anouchka sourit :

— Même vos ennemis n'oseraient pas dire que vous êtes un mauvais maître. Je trouve que vous êtes quelqu'un d'exceptionnel.

Le duc demanda :

— Vous êtes donc capable de me juger ?

Il y avait quelque chose de sarcastique dans sa voix. Anouchka ne s'en formalisa pas :

— Je peux seulement vous comparer aux hommes que j'ai connus, les professeurs du couvent et les prêtres qui s'occupaient de notre éducation, tous des gens remarquables. L'archevêque de Paris lui-même venait nous rendre visite deux fois par an.

— Et vous vous sentiez capable d'apprécier leur valeur ?

Anouchka fut froissée par ces mots. Elle se troubla, ne répondit pas et regarda au loin. Conscient de l'avoir blessée, le duc s'excusa :

— Ne soyez pas triste, Anouchka, je suis très heureux que vous appréciiez mes modestes talents et je souhaiterais mériter davantage votre estime.

— C'est moi qui dois me faire pardonner. Je me rends compte qu'il est présomptueux de vous juger et de vous comparer à d'autres hommes.

Elle était trop intuitive et trop intelligente pour ne pas comprendre que, compte tenu de sa jeunesse et du fait qu'elle sortait à peine du couvent, il y avait de l'impertinence à porter un jugement sur quelqu'un qui avait une expérience certaine de la vie. Que ce jugement soit laudatif ne changeait rien à l'affaire.

Mais de son côté le duc considérait qu'il venait d'entendre le plus beau des compliments car, contrairement à bien des gens, elle avait admirablement profité de l'enseignement qui lui avait été dispensé entre les murs du couvent. D'éminents professeurs avaient cultivé son intelligence et son esprit.

Comme si elle lisait dans ses pensées, Anouchka murmura doucement :

— Je suis heureuse que vous m'ayez pardonné cet impair et je vous promets de ne plus jamais faire de telles allusions. Mais je ne voudrais pas que ma maladresse gâche notre déjeuner.

Elle était si jolie et plaidait sa cause avec tant de ferveur que le duc se serait cru un cœur de granit s'il ne l'avait senti fondre. Aussi c'est avec beaucoup de tendresse qu'il répondit :

— Oubliez un épisode sans importance et commandons notre menu.

— Mais... votre amie la comtesse ?

— Une gerbe de fleurs et un mot d'excuse régleront la question.

— Elle souhaitait vous revoir.

— Mais telle n'est pas mon intention.

Anouchka lui lança un rapide coup d'œil :

— Si vous avez des choses importantes à vous dire, je peux rester à la maison pendant que vous irez lui rendre visite sans moi.

— Il n'en est nullement question, répliqua le duc.

Il s'étonna lui-même de la véhémence qu'il manifestait dans ses propos ; mais il est certain qu'il n'éprouvait pas la moindre envie de revoir la comtesse.

Un tour au Bois succéda au déjeuner. La chaleur n'était pas encore tombée lorsqu'ils rentrèrent chez eux. Ils s'assirent sur la terrasse qui surplombait le parc de l'hôtel particulier. Une légère brise venait de la Seine. Des domestiques apportèrent des rafraîchissements.

— On respire mieux ici, remarqua Anouchka.

— Je trouve qu'il fait encore trop chaud mais ce n'est rien à côté de ce que nous allons trouver, demain, dans le Sud de la France. Au moins, sur la Riviera, reçoit-on la brise de mer le soir, et nous n'aurons rien d'autre à faire qu'à profiter du beau temps en attendant que mon yacht arrive.

Anouchka ouvrit de grands yeux.

— Vous possédez un yacht ?

— J'ai donné l'ordre qu'il nous rejoigne à Nice. De là, nous partirons pour une croisière en Méditérranée et nous ferons autant d'escales qu'il vous plaira. (Il l'observait en énumérant :) L'Italie, la Sicile, la Grèce et même, si vous avez le goût de l'aventure, nous pourrions pousser jusqu'à Constantinople et la mer Noire.

Sans en avoir la certitude, il lui sembla qu'Anouchka retenait son souffle. Avant qu'il ait pu ajouter un mot, elle dit précipitamment :

— Oui, faisons tout cela ! C'est ce qui me plairait le plus au monde. Et, vous savez, je ne crains pas le mal de mer.

Le duc prit note de ce nouvel indice concernant son passé, mais comme elle le lui avait donné par inadvertance, il ne fit aucun commentaire et changea de sujet.

— Les robes commandées chez Worth nous suivront, peut-être d'ailleurs en aura-t-on livré une ou deux d'ici demain. En attendant, j'en ai commandé d'autres ailleurs pour que vous ne soyez pas prise de court.

— Je vous coûte une fortune.

— Vous pourriez vous offrir tout cela vous-même.

— C'est vrai. Nous n'avions pas l'habitude d'avoir de l'argent au couvent et vous m'expliquerez comment je dois m'y prendre car j'ai quelque chose de très important à acheter.

Le duc la regarda avec curiosité :
— Qu'est-ce donc ?
— Je veux vous offrir un cadeau. Je veux qu'il soit très cher et très beau !
— Quelle idée !
— C'est pour vous remercier de tout ce que vous faites pour moi.
— Mais ce n'est qu'un commencement, Anouchka, répondit le duc. Je ne trouve rien de plus agréable que d'habiller une femme des pieds à la tête.
Anouchka répondit aussitôt :
— Vos paroles, monseigneur, me laissent penser qu'avant moi vous avez « habillé » bien d'autres femmes. Étaient-elles vos... ?
Elle allait dire « maîtresses », mais le mot ne franchit pas ses lèvres.
Le duc réprima un sourire. Combien de femmes l'avaient amené à leur payer ce tribut en échange des faveurs qu'elles lui avaient accordées. Il avait acheté non seulement des robes, mais des fourrures : hermines et zibelines ; des bijoux dont il avait oublié le nombre : colliers, boucles d'oreilles, bracelets, broches, etc.
Il avait considéré ces dépenses comme allant de soi. Il lui semblait normal que ses conquêtes, femmes du monde ou du demi-monde, connaissant sa fortune, se fissent payer le plus haut prix. Comme c'étaient des femmes attentionnées, elles ne manquaient pas de lui offrir de menus cadeaux en retour, gentillesses qui l'amusaient.
Mais ce que proposait Anouchka était bien différent. Elle voulait lui rendre la pareille et lui faire un cadeau de prix. Cela ne lui était jamais

arrivé qu'une femme se conduise ainsi envers lui et il en fut ému. Anouchka reprit :

— J'aurais aimé vous offrir quelque chose que vous ne possédez pas encore. Mais je me demande si c'est possible. Toutes vos maisons doivent receler autant de trésors que celle-ci, aussi il m'est venu une autre idée et je pourrai la réaliser, si vous consentez à m'aider.

— Dites !

— Je voudrais vous acheter un cheval ! Ceux que vous avez ici sont certainement très beaux, même si on ne peut les comparer à ceux que vous possédez en Angleterre, d'après ce que vous m'avez dit vous-même. (Sans relever la surprise qui se lisait sur le visage du duc, Anouchka poursuivit :) Pourriez-vous m'aider à choisir un pur-sang ? Le plus beau de tous, qui gagnerait toutes les courses. Si je peux vous l'offrir, peut-être serez-vous dédommagé des dépenses que vous faites pour m'offrir des robes et des parures.

— C'est un geste adorable, Anouchka, et je vous en suis très reconnaissant, répondit-il, à la fois amusé et touché. Personne n'a jamais pensé à offrir un cheval en cadeau de mariage et l'idée me plaît à un point que je ne saurais dire.

Anouchka applaudit :

— Quand irons-nous le choisir ?

— A notre retour en Angleterre, à Tattersall. J'y ai acheté mes meilleurs pur-sang. Nous visiterons plusieurs haras avant de nous décider.

Les yeux d'Anouchka brillaient, elle s'écria :

— Je savais que c'était une bonne idée. Je suis si contente qu'elle vous plaise !

— Nous choisirons le cheval ensemble, je vous le promets. Mais il y a quelque chose que je voulais vous demander.

— Oui ?

— Savez-vous monter ?

— Je crains de ne pas être à la hauteur, dit-elle d'une petite voix. J'ai su monter et j'étais assez bonne cavalière, mais il y a si longtemps.

— Vous montiez avant d'être au couvent ?

Anouchka s'était laissé emporter à parler d'un sujet qu'elle s'interdisait d'aborder. Pendant un moment, elle ne sut que dire, puis, admettant qu'il n'y avait pas de mal à répondre, elle murmura :

— Oui, et j'espère que cela ne s'oublie pas.

— C'est ce que nous vérifierons bientôt, dit le duc. Toutefois, je préférerais que vous montiez mes chevaux de Londres plutôt que ceux d'ici.

Anouchka renchérit :

— Oh, oui ! Je serais trop humiliée si je devais faire une chute au Bois, devant autant de monde. Je voulais aussi vous demander si vous consentiriez à m'apprendre vous-même ?

— Ce sera avec joie, je suis certain que vous ferez une excellente cavalière.

— J'espère que vous ne vous trompez pas, il me semble que les Anglais sont experts en la matière.

Le duc ne doutait pas qu'Anouchka, une fois encore, était en train d'évoquer le passé et qu'elle songeait à son père.

Il lui dit :

— J'espère que vous garderez toujours une bonne opinion de vos compatriotes. Quand vous monterez parfaitement, nous irons à la chasse, c'est un de mes sports favoris et je possède une meute bien entraînée.

— Il faudra que vous m'appreniez tout, car je veux tout savoir, dit Anouchka. Ce que j'ai fait jadis est si loin maintenant... je crois que j'ai tout oublié.

La journée parut brève pour le duc qui n'en avait jamais vécu d'aussi passionnante.

Le comportement d'Anouchka et les multiples facettes de son esprit le séduisaient. Ses connaissances valaient les siennes dans les domaines purement académiques. Pour le reste, si ses lacunes étaient nombreuses, elle ne demandait visiblement qu'à les combler et il était décidé à l'y aider.

Il se trouvait dans une situation analogue à celle de parents heureux de répondre aux questions de leurs enfants. Toutefois, Anouchka n'était plus une enfant et sa mémoire étonnante lui faisait accomplir de rapides progrès.

Ce soir-là, lorsqu'elle entra dans le salon, après s'être changée pour dîner, elle était si belle, si radieuse, que le duc trouva dommage d'attacher tant d'importance à ses qualités intellectuelles et de ne pas songer uniquement à se réjouir du spectacle de sa beauté.

Anouchka se transformait et s'adaptait comme ses yeux dont la couleur se modifiait selon celle de la robe qu'elle portait. En outre, le coiffeur essayait différents styles sur elle et le duc était bien embarrassé pour dire celui qu'il préférait.

Ce soir-là, elle portait une robe de lamé qu'il lui avait achetée car il trouvait que cela convenait à sa condition de jeune mariée. Les reflets argentés du tissu se jouaient dans sa chevelure et semblaient danser sur la mèche décolorée qu'elle avait de naissance. Elle portait au cou un lourd collier de perles que le duc lui avait offert pour changer de la parure de diamants du premier jour. Leur opalescence nacrée faisait paraître plus lumineuse la blancheur mate de ses épaules.

Ainsi parée, Anouchka paraissait très jeune et n'avait pas encore l'allure digne qui appartient à une duchesse. En la voyant, le duc songea qu'elle évoquait plutôt la vivacité des jeux d'eau qui jaillissent des fontaines de Versailles. Anouchka, qui craignait de lui déplaire, chercha son regard des yeux, elle quêtait une approbation qui calmerait sa nervosité.

— Je vous trouve adorable, Anouchka ! Attendriez-vous vraiment que je confirme le jugement de votre miroir ?

— Comment avez-vous deviné que je me suis regardée dans la glace avant de descendre ?

— C'est ce que font la plupart des femmes quand elles portent une nouvelle toilette. Si celle-ci vous avait déplu, vous en auriez changé et vous auriez été en retard !

— Je n'oserais jamais vous faire attendre, mais j'aurais été tellement déçue de ne pas vous plaire !

— Lorsque nous serons mariés depuis quelque temps, vous vous lasserez de mes compliments.

Anouchka secoua la tête.

— Pas du tout, je les adore ! C'est si nouveau pour moi !

— Je le crois volontiers et c'est pour cette raison que vous vous plairez davantage en compagnie des hommes qu'avec les femmes qui, généralement, ne parlent que d'elles-mêmes.

— Les hommes sont-ils tous aussi galants que vous ?

— Vous verrez ! Vous recevrez des quantités d'hommages avant d'atteindre votre majorité.

Le duc ne se trompait pas. Leur arrivée au *Grand Véfour*, probablement l'un des meilleurs restaurants de Paris, fut saluée par des amis du duc. Ils s'approchèrent du couple qui venait de prendre place à sa table. Le duc les présenta à Anouchka. Ils s'inclinèrent pour lui baiser la main, puis, dans un anglais parfait, firent assaut de compliments. Anouchka ouvrit de grands yeux. L'un des hommes déclara :

— Comment, Raven, vous qui avez l'audace de nous battre dans chaque compétition, avez-vous enlevé ce trésor ?

L'autre renchérit :

— Ah, duchesse, vous êtes l'étoile qui brille hors de portée, l'astre vers lequel chaque homme aspire, le soleil que Raven a confisqué pour lui seul alors que son éclat devrait baigner l'humanité tout entière !

Ils tournèrent ainsi, à tour de rôle, plusieurs madrigaux tout aussi fleuris avant de se décider à regagner leur table.

Lorsqu'ils se furent éloignés, Anouchka s'empêcha de pouffer :

— Vous aviez raison, mais j'aime ces compliments malgré tout et j'espère en recevoir d'autres.

— Ces deux gentlemen étaient exagérément lyriques, répondit le duc d'un ton un peu renfrogné. Un Anglais vous aurait dit beaucoup plus simplement que vous étiez belle et que vous aviez une allure superbe. Encore aurait-il estimé qu'il se laissait entraîner à des débordements poétiques !

Cette fois, Anouchka demanda, sans dissimuler son amusement :

— Et vous, quels compliments adressez-vous aux femmes que vous admirez ?

— Je ne vous le dirai pas, répondit le duc.

— C'est un secret ?

— Une indiscrétion... qui pourrait rendre jalouse une femme légitime.

— Vous voulez dire que si vous admiriez une autre femme je devrais me montrer jalouse ?

— Ce serait une réaction naturelle.

— Pourquoi ?

— Parce que les gens mariés sont supposés fidèles.

— Pourtant, la comtesse que nous avons rencontrée était mariée lorsque vous étiez amis... intimes.

Une fois encore, le duc eut le sentiment qu'il était pris à son propre piège. Heureusement, le maître d'hôtel qui s'approchait avec la commande rendit impossible la poursuite d'une conversation aussi intime.

Pendant le repas, Anouchka resta pensive. Le duc avait l'impression qu'elle tournait et retournait ces questions dans sa tête. Mais lorsqu'une tasse de café fuma devant elle et que le duc commanda un cognac, elle s'enhardit :

— Puis-je vous poser une question ?

— Je vous écoute.

— A présent que nous sommes mariés, si vous rencontriez une femme parée de tous les attraits... et que vous souhaitiez... le lui dire..., devrais-je prétendre l'ignorer ?

— L'hypothèse est bien improbable, répondit le duc. Cependant, si cela devait arriver, ce serait un secret. Vous ne l'apprendriez jamais et ainsi vous n'auriez aucune raison de vous alarmer.

— Vous disiez à l'instant que les femmes étaient jalouses ?

— Oui, je pense que les femmes sont jalouses et redoutent toujours de voir une rivale s'attaquer à leur mari.

La réponse était évasive.

Anouchka reprit :

— Supposons que je reçoive d'autres hommes, qu'ils me fassent la cour et que je m'intéresse à eux ? Prétendrez-vous ou affecterez-vous de ne rien remarquer ?

Le duc répondit sèchement :

— C'est une chose qui ne doit se produire en aucun cas. Ma femme doit être fidèle et se conduire admirablement. Il ne doit pas y avoir d'autre homme dans votre vie, Anouchka.

En prononçant ces mots, il songeait que ce n'était certes pas le mariage qui aurait empêché Cléodel de poursuivre sa liaison avec Jimmy. A cette pensée, il éprouva un tel dégoût que, malgré lui, sa voix se durcit et ses dernières paroles furent empreintes de méchanceté. Il s'en rendit compte immédiatement et, craignant de terroriser Anouchka, il chercha des mots apaisants.

Celle-ci ne lui en laissa pas le temps et murmura comme pour elle-même :

— Ce n'est vraiment pas juste.

Le duc sursauta :

— Juste ?

— Qu'un homme ait des droits qui sont refusés à sa femme ! Non, ce n'est pas équitable ! Pas du tout. Ce qui s'applique à l'un doit s'appliquer aussi à l'autre.

De toute évidence, Anouchka se plaçait sur un plan général en raisonnant ainsi ; elle ne défendait pas un point de vue personnel, le duc s'en convainquit aisément mais il en avait trop enduré avec Cléodel et décida de mettre les choses au point une fois pour toutes.

Il avala une gorgée de cognac, puis :

— Je vous dois la vérité, Anouchka. (Elle eut un geste effrayé, mais il poursuivit :) Laissez-moi parler. Lorsque je suis allé au couvent, c'était pour trouver une femme complètement différente de celles que j'avais fréquentées jusqu'alors.

— Différente en quoi ?

— J'ai demandé à ma sœur de choisir pour moi une jeune fille parmi les novices, je la voulais chaste et pure. Et c'est vous que ma sœur m'a présentée.

— Dois-je comprendre que les autres... les autres femmes que vous fréquentiez jusque-là ne l'étaient pas ?

Là encore, la discussion risquait d'entraîner le duc beaucoup plus loin qu'il ne le désirait. Il se contenta d'une réponse ambiguë :

— Il est difficile de l'affirmer. On peut supposer que la plupart des jeunes filles savent rester pures jusqu'à leur mariage, mais le risque de la tentation existe car elles vivent dans le monde, et une faute n'est pas toujours possible à éviter.

— Ces femmes auraient donc rencontré des hommes, à l'insu de leurs parents ? Elles auraient pu avoir une aventure, s'être laissé embrasser ?

Imperturbable, Anouchka suivait le fil de sa pensée. Le duc préféra couper court :

— Précisément. Même dans les meilleures familles de l'aristocratie, une jeune fille peut rencontrer des hommes : des maîtres de manège ou de bal, des employés, des secrétaires employés par leurs proches. Parmi ces hommes, certains sont complètement dénués de scrupule et de sens moral, et parfaitement capables de séduire une jeune fille ; pour peu qu'ils aient du charme et du savoir-faire, elle risque de se laisser entraîner...

Sa voix se durcit à nouveau au souvenir de ce qui s'était passé entre Jimmy et Cléodel.

Anouchka demanda :

— Vous n'avez jamais voulu m'expliquer ce qui vous était arrivé, à vous... Je crois que vous avez été blessé, humilié... et que vous vous efforcez d'oublier ce souvenir pénible en essayant de trouver un nouveau bonheur.

Le duc admira la sensibilité d'Anouchka, elle trouvait les mots justes et devinait les situations les plus complexes. Il ne voulut rien ajouter et parla d'autre chose. Il raconta ce qu'avait été le Palais-Royal, dont les bâtiments abritaient le *Grand Véfour* lorsque c'était la résidence du duc d'Orléans et comment ce dernier, en une nuit, avait acquis une fortune en transformant ses galeries en une suite de boutiques, de salles de jeu, de restaurants et de salons accueillants.

Anouchka, qui écoutait avec attention, l'interrompit :

— A cette époque, est-ce que les hommes y conduisaient leurs femmes ?

— Certainement pas. Les femmes du monde ne fréquentent pas cette sorte d'endroits. D'ailleurs, une fois rentrés à Londres, nous n'irons plus au restaurant ni dans les cabarets !

— Pourquoi ?

— Ce n'est pas la place d'une lady !

— Il vous arrive cependant d'aller au restaurant.

— C'est vrai.

— Avec vos maîtresses ?

— Sans doute.

— Eh bien, je pense que ces femmes dont je ne suis pas autorisée à évoquer l'existence, ont une vie plus intéressante que... la mienne.

— Oui, en un sens, mais cela dépend de ce que vous appelez intéressant. Vous êtes duchesse et vous avez un rang à tenir. Vous fréquenterez tout ce que le pays compte de gens importants. Nous les recevrons dans notre propriété à la campagne et ils viendront dîner dans notre résidence de Londres. Vous serez le point de mire de la société. A Ravenstock, où mes terres comptent plus de deux mille personnes, vous aurez fort à faire pour vous intéresser à chacun d'eux.

— Comment y parviendrai-je ?

— Ma mère avait l'habitude de rendre visite à ses gens. Elle allait les voir, chez eux. Elle les aidait à surmonter leurs difficultés, leurs épreuves. Elle les soignait lorsqu'ils étaient malades... Pour Noël, elle organisait une grande fête où ils étaient tous conviés et je peux dire qu'elle était très aimée par les petites gens.

— Pensez-vous que je saurai me faire aimer, moi aussi ?

— Je n'en doute pas !

— Et vous, êtes-vous aimé ?

— Je l'espère ! Peut-être pas de la même manière. Mes gens m'admirent et me respectent parce que je m'efforce d'être juste et généreux. (Il esquissa un sourire avant de poursuivre :) Les femmes dont nous parlions tout à l'heure ne connaissent rien de semblable et ce n'est certainement pas avec elles non plus que j'aurais eu des enfants à qui donner mon nom. Songez que mon aîné, le nôtre, héritera un jour du titre.

Pour la première fois, le duc envisageait sérieusement la question de sa descendance et il en fut très heureux. Il se voyait déjà apprenant à ses fils à tirer, à monter à cheval, à faire tout ce qu'il aimait lui-même.

Anouchka baissa les yeux :

— Si nous avons un enfant, nous ne nous séparerons jamais de lui, n'est-ce pas ?

— Jamais, affirma le duc.

Il savait qu'Anouchka se remémorait sa propre histoire et songeait au drame qui avait fait d'elle une orpheline placée dans un couvent. Il aurait voulu, plus que jamais, éclaircir ce mystère, mais, pour éviter de raviver des souvenirs douloureux, ils s'abstint de poser la moindre question et déclara :

— Nos enfants vivront avec nous jusqu'à ce que les garçons aient l'âge d'aller à l'école. Nous pourrons garder les filles avec nous, mais ce n'est guère possible pour les garçons. Cependant, ils reviendront aux vacances et, lorsqu'ils entreront à Eton, nous leur rendrons visite et nous veillerons à ce qu'ils ne manquent de rien. (Il rêva un instant avant de poursuivre :) Ce que vous me disiez est très juste, Anouchka. A quoi bon tant de maisons si c'est pour y vivre seul ? Ce serait beaucoup plus agréable et joyeux de voir grandir des enfants qui joueraient et mettraient de la vie autour de nous.

Anouchka écoutait, en suivant sa propre idée :

— Si vous pouvez avoir des enfants avec moi, pourquoi ne le pouvez-vous pas avec les femmes dont vous me parliez ?

Une fois de plus, le duc, embarrassé, esquiva la réponse :

— Il se fait tard, est-ce que vous désirez aller ailleurs ou préférez-vous rentrer ? J'aimerais assez que nous nous couchions tôt pour partir de bonne heure demain matin.

— Comme vous voulez, répondit Anouchka.

Ils reprirent la calèche dont le duc avait fait baisser la capote. Comme la veille, Anouchka rêva sous les étoiles, elle semblait tout à coup étrangère à sa nouvelle existence. D'autres femmes se seraient blotties contre le duc, auraient pris sa main en attendant qu'il murmure des déclarations passionnées : elle ne faisait rien de tel. Elle se tenait droite, la nuque appuyée sur les coussins.

Elle resta silencieuse jusqu'à ce qu'ils parviennent sur les Champs-Élysées. Alors, elle parut sortir d'un rêve et proposa :

— Si vous ne désirez pas vous coucher tout de suite et si vous avez envie d'aller retrouver vos amis dans des endroits où vous préférez ne pas me conduire, je peux aller me coucher maintenant.

Une fois de plus, elle semblait lire dans ses pensées. Il hésitait en effet, il se demandait s'il ne ferait pas un saut chez *Maxim's*. Il y retrouverait certains de ses amis et les plus jolies demi-mondaines de la capitale l'accueilleraient avec joie. Mais s'il cédait à ce désir, alors qu'il était en pleine lune de miel, il déclencherait des commentaires peu agréables sur le compte d'Anouchka, c'est pourquoi il lui répondit avec la plus grande sincérité :

— Non, Anouchka, comme je vous l'ai dit, je vais me coucher, moi aussi, je rêverai à notre prochain voyage. Je suis certain que vous trouverez des milliers de questions à me poser et il faut que je me prépare à y répondre honorablement.

— Vous répondrez à toutes ? Quelles qu'elles soient ?

— Je ferai de mon mieux, mais je me sens mal à l'aise à l'idée d'étaler mon ignorance devant vous.

Anouchka se mit à rire :

— Il n'y a pas de danger. Mais vous devez mettre les bouchées doubles pour m'éviter de commettre des erreurs comme celle d'aujourd'hui.

— Je vous ai demandé d'oublier cet incident.

— Je m'y efforce. Mais, bien que vous m'ayez pardonné, la comtesse me hait désormais, c'est une chose qui m'ennuie parce que je suis votre femme et que je porte votre nom.

— Je vous assure que les sentiments de la comtesse n'ont pas la moindre importance.

Il était minuit passé lorsque la calèche s'arrêta devant le perron de l'hôtel. Ils en descendirent et se dirigèrent vers leurs appartements. Le duc ne s'arrêta pas au fumoir pour y prendre un dernier verre d'alcool comme il en avait l'habitude. Il monta avec Anouchka.

Leurs chambres étaient situées sur le même palier, elles communiquaient mais la porte était fermée à clef. Le duc s'arrêta devant la chambre d'Anouchka pour prendre congé. Il lui baisa la main et elle le remercia pour le délicieux dîner qu'il lui avait offert.

— C'est moi qui vous suis reconnaissant de m'avoir charmé pendant cette journée.

— Avec une autre, auriez-vous été aussi content ?

— Je ne le crois pas, Anouchka ; avec vous, tout prend un air de gaieté tellement inattendu.

— Vous ne vous êtes pas ennuyé ?

— A aucun moment et je vous assure que je n'ai jamais eu le désir d'une autre compagnie que la vôtre.

Un sourire radieux illumina le visage d'Anouchka.

— Voilà que vous me parlez comme un Français. Moi qui croyais les Anglais avares de compliments.

— Je suis une exception, répondit le duc en riant.

— J'en suis sûre. Il faudra que vous m'en fassiez beaucoup, beaucoup, j'aime tant les entendre de votre bouche... Oubliez souvent que vous êtes anglais.

— C'est promis !

— J'essaierai de mériter vos éloges mais...

— Oui ?

— Même s'il n'est pas sincère, un compliment est toujours agréable à entendre.

Le duc sourit à cette déclaration inattendue :

— J'aime votre esprit de repartie, Anouchka, j'aime votre caractère primesautier.

Il se pencha de nouveau sur sa main, qui était douce et parfumée, pour y déposer un baiser. Il fut sur le point de lui prendre les lèvres et n'osa pas le faire. C'était trop tôt encore, il redoutait de la choquer, mais il garda un moment sa main dans la sienne avant de lui souhaiter une bonne nuit.

— Dormez bien, Anouchka. Demain, commence un voyage qui, je l'espère, sera très beau.

— Je m'en réjouis d'avance, assura-t-elle, en retirant sa main de celle du duc.

Elle le regarda s'éloigner en souriant et ouvrit sa porte.

Le duc se retourna et la suivit des yeux jusqu'à ce que sa traîne disparaisse.

Il entra dans sa chambre, il était pensif, il avait le sentiment qu'il venait de manquer quelque chose, une occasion, peut-être. Il chassa cette idée.

Son valet de chambre l'aida à se déshabiller. Il ne cessait pas de penser à Anouchka.

## 6

Le yacht naviguait dans les eaux de la mer Noire. De temps en temps, le duc jetait les yeux vers Anouchka, il guettait ses réactions devant les nouveautés qu'elle découvrait.

Il était déterminé à éclaircir le mystère qui planait sur son passé et l'escale de Nice lui fournit un indice intéressant. Tous les arrangements avaient été pris pour que la voiture attende le couple à la descente du wagon-salon que l'on avait accroché à l'express de Paris.

La voiture était découverte car la température était élevée, mais une tente atténuait l'ardeur des rayons du soleil en abritant les passagers. L'équipage longea un moment la mer d'un bleu profond avant de se diriger vers le nord, à l'assaut des collines qui surplombaient la ville. C'était sur ces hauteurs que se trouvait la propriété du duc.

Le paysage devenait de plus en plus grandiose à mesure que l'on s'élevait. C'est à un tournant de la route qu'une exclamation d'Anouchka tira le duc de ses pensées.

— Des cyprès, dit-elle, d'une voix troublée. (Une expression heureuse se peignit sur son visage.) Des cyprès...

Le duc, qui avait décidé de ne plus la questionner, se contentait de l'observer en se demandant en quoi la vue de ces arbres, tellement répandus sur la Côte d'Azur et les collines italiennes, pouvait rappeler des souvenirs à sa femme. Soudain, il crut se souvenir d'une anecdote lue au cours de son voyage en Russie. Il fit un effort de mémoire et retrouva le récit oublié : les premiers cyprès avaient été plantés en Russie par la grande Catherine, pendant son voyage avec Potemkine dans les terres méridionales. Les arbres s'étaient adaptés, ils avaient poussé, s'étaient multipliés, et ils donnaient une allure méditerranéenne à la région d'Odessa.

Cette découverte procura une grande joie au duc. Peu à peu le passé d'Anouchka s'éclairait ; elle connaissait Odessa, il en était certain ; il se sentit aussi heureux de cette déduction qu'après une victoire chèrement disputée, aux courses ou sur le ring. Il décida de ne pas en parler à Anouchka, de la conduire à Odessa et de l'observer alors avec la plus extrême attention pour voir comment elle réagirait. C'est la raison pour laquelle il abrégea le séjour niçois. Après deux jours de repos, ils embarquèrent pour Villefranche, leur première escale. Le temps était radieux, la chaleur tempérée par une brise marine.

Comme un enfant à qui l'on vient d'offrir un nouveau jouet, Anouchka découvrait le yacht avec autant de plaisir qu'elle en avait éprouvé en pénétrant dans le somptueux wagon-salon du duc.

Aux remarques qu'elle fit, le duc pensa qu'elle avait déjà voyagé en mer, probablement sur un paquebot.

Comme aucun horaire ne les pressait, ils longèrent la côte italienne, faisant escale dans des petits ports, descendant parfois à terre pour visiter. Mais le duc n'avait pas l'intention de se rendre à Rome ou à Naples. Même pas à Pompéi. Puis, en abordant dans les îles grecques, il dut se rendre à l'évidence : s'il ne voulait rencontrer personne et garder Anouchka pour lui seul, c'est qu'il était tombé amoureux d'elle !

Il avait résolu ne plus jamais accorder d'importance aux femmes, aussi s'efforça-t-il de se persuader qu'il se trompait sur ses sentiments, qu'il était le jouet d'une illusion dont le climat et la douceur de l'air étaient seuls responsables.

Mais Anouchka était là, présente chaque jour devant ses yeux, avec ses rires, ses questions. Il était bien obligé de reconnaître que tout en elle le séduisait, pas seulement sa beauté, mais quelque chose d'indéfinissable qui le subjugait.

Pourtant le duc avait quitté l'Angleterre, après sa désastreuse aventure avec Cléodel, bien résolu à ne plus tomber dans les pièges de l'amour et maintenant... Mais quand était-ce arrivé ? Sûrement à Nice. C'est là qu'un courrier l'avait rejoint pour lui donner des nouvelles de l'Angleterre et lui raconter comment les gens avaient réagi à la nouvelle de son mariage. Le messager lui avait décrit la stupeur de ses amis, il avait raconté en détail la scène que le comte de Sedgewick avait faite à sa résidence de Park Lane, il avait assuré que M. Matthews était submergé par les demandes d'explications. Or, toutes ces informations l'avaient laissé indifférent. Comme l'Angleterre était loin et ce brouhaha dérisoire !

Le voyage se poursuivit et, devant les côtes de Constantinople, il dut se rendre à l'évidence. Non seulement il aimait Anouchka, mais il éprouvait pour elle quelque chose d'entièrement neuf, un sentiment inconnu qui le plongeait dans un trouble étrange. Il est vrai qu'il vivait une situation complètement nouvelle. Jamais encore il n'avait vécu aussi longtemps dans l'intimité d'une femme qui ne lui cédait pas et ne semblait pas du tout amoureuse de lui. Anouchka le traitait comme un professeur qu'elle estimait et admirait mais pour lequel elle ne semblait pas éprouver l'ombre d'un sentiment amoureux.

Chaque fois qu'il lui parlait, elle l'écoutait avec une attention passionnée, ses grands yeux plongeaient dans les siens et son visage était empreint d'une sérénité qu'il n'avait jusqu'alors connue qu'à sa sœur Marguerite. Lorsque la discussion portait sur des sujets académiques, Anouchka se défendait très bien et lorsque des questions plus complexes se présentaient, le duc devait prendre garde à ne pas se trouver en défaut.

Seulement, si Anouchka continuait de le regarder comme une élève son professeur, lui, il avait complètement changé. Lorsqu'il la voyait, son sang battait à ses tempes, une fièvre s'emparait de lui et il avait de plus en plus de peine à dissimuler son désir. Il avait pourtant l'habitude de rester maître de lui et de contrôler ses sentiments. Il trouvait qu'il faisait preuve d'une grandeur d'âme sans égale et se consolait en se disant qu'il était heureux de préserver la fraîcheur d'âme de sa femme. Cependant il bouillait, se demandait comment il ferait pour éviter de la prendre dans ses bras jusqu'à la fin du mois ; mais après ce premier mois, il faudrait en faire passer encore deux avant d'être délié de sa promesse, et il ne voulait pas penser à la manière dont il les supporterait.

Seule Anouchka pouvait le délier du serment fait à sa sœur, mais elle était si pure et si innocente qu'elle considérait son mari comme un compagnon de voyage, rien de plus.

« Que faire pour qu'elle me demande de lui faire l'amour ? » se demandait-il chaque soir, lorsqu'elle se retirait dans sa cabine.

Les nuits étaient bien longues ; il les passait à arpenter le pont, incapable de trouver le sommeil, il n'avait jamais éprouvé de plus cruelle solitude et commençait à douter de lui.

Pourtant des femmes avaient cherché à le séduire. Certaines avaient tout mis en œuvre pour le conquérir et il était incapable d'éveiller le moindre désir chez une jeune fille. Cette jeune fille était sa femme ! Et il n'arrivait pas à susciter en elle le plus pudique élan. Les jours se succédaient sans apporter de changement.

Ils avaient dépassé Constantinople, remonté le Bosphore, et naviguaient dans la mer Noire.

Ce jour-là, le déjeuner, préparé par l'un des meilleurs chefs du duc, avait été un véritable régal. Vêtue d'une robe blanche en mousseline légère, Anouchka ressemblait à ces fleurs qui s'épanouissent dans les îles grecques sur les pas des dieux. C'est du moins ainsi que le duc la voyait en la conduisant sur le pont supérieur où il lui désigna deux chaises longues avant de demander :

— Maintenant que vous commencez à connaître le monde, qu'en pensez-vous ?

— Que pourrais-je vous dire quand tout ce que vous m'en faites voir est si merveilleux ? Au couvent, il m'arrivait parfois de peindre les paysages dont je lisais la description dans les livres. Je les gardais près de moi et je rêvais en les regardant. En ce moment, j'ai parfois l'impression de rêver. Mais le rêve est devenu réalité.

— Dans vos rêves vous arrive-t-il de voir des personnes, ou est-ce que ce sont toujours des paysages qui vous apparaissent ?

— Parfois, ce sont des personnes.

— Croyez-vous que vous me verrez une nuit ?

Le duc se moquait de lui-même en posant cette question. Jadis, il n'aurait eu aucun besoin de la formuler, les femmes qui l'entouraient lui répétaient, du reste, qu'il était le seul objet de leurs rêves.

Anouchka, en revanche, répondit doucement, avec son imperturbable logique :

— Comment le saurais-je tant que cela n'arrive pas ?

— Je serai triste si cela ne se produit jamais, ne suis-je pas le seul homme que vous connaissez ?

— Est-il indispensable de rêver d'un homme ?

— Je le pense. Les femmes n'aiment pas vivre seules. Elles ont besoin d'un compagnon, pas seulement dans la vie ; il leur faut aussi quelqu'un pour peupler leurs rêves.

Anouchka ne répondit rien. Le duc continua :

— En général, lorsque les femmes rêvent d'un homme, elles désirent l'épouser.

— Qu'arrive-t-il lorsqu'elles y parviennent ?

Le duc sourit, il aurait pu prévoir cette question. Il réfléchit un instant, puis répondit :

— L'idéal serait que les femmes rêvent de leur mari. Je crains que ce ne soit pas toujours le cas.

— Vous affirmez pourtant qu'une femme ne doit avoir d'yeux que pour son mari ?

— C'est ce que tous les maris espèrent et... c'est ce que j'attends de vous.

— Vous ne pourrez pas déchiffrer mes rêves, répondit Anouchka. Si je rêve d'un autre, je serai seule à savoir que j'ai péché.

Le duc pesa ses mots :

— Si vous rêviez d'un autre, j'en serais à la fois contrarié et peiné.

— Mais vous ne le sauriez pas. Ce serait mon secret ! D'ailleurs, je peux vous dire également que si vous deviez rêver de quelqu'un d'autre, je pourrais en éprouver du chagrin moi aussi.

— Cela vous ferait vraiment de la peine ? demanda le duc.

La question était si insidieuse qu'Anouchka, au lieu de répondre, laissa son regard errer sur la mer. Cependant le duc attendait sa réponse ; elle réfléchit et lui déclara :

— Ne sommes-nous pas présomptueux de discuter de ces choses ? Notre conversation a pris un tour étrange. Mes rêves sont parfois compliqués. La nuit dernière, je m'en souviens très bien, je rêvais que je volais au-dessus des flots...

— Seule ?

— Oui, autant que je me souvienne. C'était une sensation délicieuse. J'avais la légèreté d'un oiseau, je volais sans aucune difficulté. Quel désappointement, au réveil, de me trouver dans mon lit !

Le duc poussa un soupir ; une fois de plus, il perdait la direction de la discussion. Anouchka, décidément, refusait de le considérer autrement que comme un professeur auquel elle posait des questions. Elle suivait le fil de ses idées et demanda :

— Vous m'avez promis que vous m'apprendriez à faire de la voile lorsque nous aurions atteint la mer Noire. J'espère que vous ne l'avez pas oublié, ce sera peut-être aussi agréable que de voler, comme dans mon rêve.

— Je tiendrai ma promesse, répondit le duc. J'ai donné les instructions nécessaires pour que nous jetions l'ancre. Je vous emmènerai dès que la chaleur sera un peu tombée.

En fait, ce programme l'arrangeait. Il ne souhaitait pas arriver à Odessa avant le lendemain matin, il voulait observer Anouchka au moment où elle découvrirait la ville en pleine lumière et non dans l'éclairage déclinant du couchant.

Son intention était de descendre à terre avec elle et de tenter de percer le mystère dont elle s'entourait et dont elle ne semblait toujours pas désireuse de lui donner la clef. Il espérait qu'il toucherait son cœur s'il parvenait à découvrir son secret, que les barrières qui les séparaient tomberaient et qu'elle s'éveillerait à l'amour.

Il ne la quittait pas des yeux, il la trouvait de plus en plus adorable et il lui fallait toute la maîtrise qu'il avait acquise depuis l'enfance pour ne pas la prendre dans ses bras, la serrer contre lui, et la couvrir de baisers.

Le souvenir brûlant d'une soirée passée en Italie lui revint en mémoire.

Ils avaient mouillé pour la nuit dans un petit port du sud de Naples. On avait laissé les hublots ouverts pour profiter de la brise du large. La musique d'un orchestre ambulant était parvenue dans le salon où ils s'étaient retirés après dîner. Anouchka s'était approchée d'un hublot et s'était penchée à l'extérieur pour mieux jouir du spectacle. La musique était gaie et les joueurs de violon, de mandoline et de tambourin, étaient vêtus de manière si pittoresque qu'elle s'était mise à rire toute seule.

Le duc s'était approché d'elle :

— C'est la meilleure occasion pour apprendre à danser, Anouchka !

Il la prit dans ses bras, elle était d'une légèreté aérienne et elle s'adapta très vite au rythme en dansant avec une grâce irréelle.

Lorsque les musiciens posèrent leurs instruments, elle battit des mains et insista pour continuer. L'orchestre reprit. Il joua un air de valse. Anouchka suivait parfaitement la mesure. Le duc l'attira davantage à lui. Il eut alors le plus grand mal à dissimuler l'émotion qui s'empara de lui au contact de ce jeune corps.

La musique s'était arrêtée, le morceau était achevé, ils demeurèrent enlacés un instant tandis que le regard du duc plongeait dans celui d'Anouchka. Il lui dit d'une voix profonde, tellement altérée par la passion que toute femme ayant un peu l'expérience de l'amour aurait compris ce qu'il éprouvait :

— Je suis heureux de voir que nous nous entendons si bien. Vous êtes très douée, Anouchka, et nous pourrons danser ensemble chaquc fois que nous en aurons l'occasion.

— Volontiers, s'écria Anouchka, je trouve que c'est très excitant. Je voudrais recommencer bientôt, cela me plaît énormément. Au couvent, certaines novices essayaient de raconter les impressions qu'elles avaient ressenties en dansant, mais rien de ce qu'elles disaient ne peut rendre la réalité.

— Quelle réalité ?

— Le plaisir qu'il y a à entendre la musique, à faire corps avec elle, à la sentir dans tout le corps.

Le duc voulut répondre : « Vous ressentirez la même chose dans l'amour ! », mais Anouchka n'aurait rien compris. Elle se dégagea de ses bras avec beaucoup de naturel et alla vers un hublot où elle agita la main pour remercier l'orchestre qui lui avait donné tant de plaisir.

Le duc entendit l'un des musiciens répondre à ses remerciements :

— *Grazie, signora, tante grazie !*

Anouchka se tourna vers le duc qui était venu près d'elle et dit :

— Je voudrais vous remercier aussi.

Le duc repartit :

— Et moi donc : *Molto grazie, signora !*

Elle recula, fit une révérence et murmura :

— *Grazie, signore !*

Son visage rayonnait, ses yeux scintillaient, mais le duc n'y trouvait toujours pas l'expression qu'il désirait tellement y voir.

Le matelot avait achevé d'armer le petit voilier que le duc avait demandé. En fait, c'était l'un des canots de sauvetage où l'on avait hissé un mât et une voile rouge vif qui faseyait dans le vent du soir.

Anouchka s'assit à l'arrière. Le duc prit la barre et dégagea le bateau. La voile se gonfla :

— C'est amusant, s'enthousiasma Anouchka. A quelle vitesse peut-on aller ?

— Cela dépend de la force du vent ! Le capitaine pense qu'il devrait fraîchir dans l'heure qui vient.

— Pourvu qu'il ait dit vrai !

— C'est très simple, vous n'avez qu'à siffler. Tous les marins savent qu'il faut siffler pour faire lever le vent.

Anouchka plissa les lèvres avec le plus grand sérieux ; le duc la trouva adorable et eut à nouveau envie de l'embrasser, mais le vent annoncé se levait et il était trop occupé par la manœuvre pour songer à exécuter son dessein. Il serra la voile en maintenant le cap pour profiter de la vitesse. Le canot s'élança et fendit les vagues.

Anouchka battit des mains :

— J'ai réussi, j'ai réussi ! En sifflant, j'ai fait lever le vent !

La brise gonflait la voile qui se dressait, rouge comme une cerise, au-dessus du bleu profond de la mer. La vitesse augmentait et l'on entendait le bruit de l'eau qui se brisait contre la coque.

— Plus vite ! réclamait Anouchka.

Le vent fraîchissait davantage, la vitesse augmentait, un peu trop au goût du duc qui s'attacha à la réduire. Ils naviguaient déjà depuis une demi-heure et le soleil se couchait tandis que le ciel se couvrait de gros nuages qui s'amoncelaient à l'horizon. La mer devenait houleuse et prenait une couleur menaçante. Dans son désir de faire plaisir à Anouchka, le duc s'était aventuré beaucoup plus loin que prévu. Le yacht était désormais hors de vue, le retour prendrait du temps. Il se tourna vers Anouchka pour voir comment elle se comportait. Il lui cria :

— Baissez la tête, je pare à virer !

Et aussitôt il vira de bord en renversant la barre.

Il exécuta la manœuvre avec la maîtrise éprouvée d'un yachtman accompli : la voile était l'un de ses sports préférés. Il s'était mesuré avec des concurrents aussi expérimentés que lui dans le Midi de la France, l'année précédente, et il avait remporté plusieurs trophées enviés aux régates de Cowes.

Il avait assez d'expérience pour regretter de s'être laissé entraîner si loin car le changement de temps l'inquiétait. Il savait combien les grains de ce genre pouvaient être dangereux dans cette zone.

— Tout va bien ? lui demanda Anouchka.

Il ne voulait pas qu'elle s'inquiète.

— Nous avons viré de bord et je vais essayer de rejoindre le yacht le plus vite possible.

— La mer a grossi.

— Je m'en suis aperçu, répondit-il ironiquement. Mais ne m'avez-vous pas dit que vous avez déjà fait de la voile ?

— C'est vrai et je serais profondément humiliée si je ne me comportais pas correctement.

— On ne peut pas se fier à la mer Noire, cria le duc pour dominer le bruit du vent, pourtant elle porte mes couleurs.

Cette allusion lui était venue aux lèvres involontairement et il se demanda ce que penserait Anouchka sur les champs de courses quand elle entendrait la foule crier : « Allez les noirs, allez Raven ! », tandis que ses chevaux galoperaient vers la victoire. De son côté, il se réjouissait toujours en entendant ces clameurs et il appréciait les réactions populaires ; la foule, d'instinct, distinguait les bon cavaliers des tocards.

Anouchka demanda :

— Pourquoi le noir est-il votre couleur ?

— C'est un jeu de mots, à cause de mon nom : Raven.

— Ce nom ne vous va pas.

— Pourquoi ?

— Vous ressemblez à un aigle, pas à un corbeau. N'avez-vous pas remarqué ce couple d'aigles qui a survolé le yacht ce matin ?

— Si, bien sûr. Qu'est-ce qui vous fait croire que je leur ressemble ?

— Je les trouve magnifiques, mais aussi dominateurs, ne les appelle-t-on pas les rois des oiseaux ? Ils volaient, remplis d'un superbe dédain pour le reste de l'univers, tant ils avaient le sentiment d'appartenir à un autre monde !

— Et c'est l'impression que je vous fais ?

— Je crois, répondit Anouchka, que, comme ces oiseaux, vous êtes dominateur et tout aussi incapable qu'eux de vous plier à d'autres lois que les vôtres, même si vous évoluez avec la plus parfaite aisance dans les différentes couches de la société.

Le duc demanda sèchement :

— Qu'est-ce qui vous fait croire cela ?

Anouchka ne répondit pas aussitôt et lui, occupé à resserrer une drisse, jeta :

— Répondez, Anouchka !

— C'est difficile à expliquer. J'ai le sentiment que vous n'avez aucun besoin des autres, aucun besoin d'être guidé, conseillé, réconforté...

— D'un côté c'est flatteur, mais d'un autre côté, si vous dites vrai, quelle solitude pour l'homme que vous décrivez ainsi !

Anouchka tenta de préciser sa pensée :

— J'ai seulement voulu dire que, contrairement à la plupart des gens, vous donnez l'impression de n'avoir jamais besoin de personne.

Le duc se demanda comment elle réagirait s'il lui avouait à quel point il avait besoin d'elle. Mais il était encore trop tôt, beaucoup trop tôt, pour se risquer à cette sorte de déclaration. Ce n'était d'ailleurs vraiment pas le moment de penser à ces choses : la mer, qui n'avait cessé de grossir, devenait dangereuse, il n'avait pas trop de toute son attention pour diriger le canot convenablement. Le temps se gâtait de minute en minute. La tempête se levait et pouvait se déchaîner en quelques instants.

Déjà, le vent soufflait en bourrasques violentes et les vagues se creusaient sous la coque. Le duc se cramponnait à la barre pour ne pas la lâcher. La côte n'était pas très éloignée mais elle était inhospitalière : on ne voyait qu'une haute falaise au pied de laquelle les vagues se brisaient en gerbes écumeuses. Il s'en approcha cependant et parvint à distinguer, à travers les embruns qui l'aveuglaient, une petite baie où il pourrait sans doute accoster. A cet endroit, la falaise s'abaissait considérablement et faisait place enfin à une petite plage bordée d'arbres.

Le duc cria :

— Je vais tenter d'aborder.

Assise au fond du canot, Anouchka lui adressa un sourire confiant.

Le duc se concentrait sur la manœuvre. Le vent le poussait rapidement vers la côte toute proche : il s'efforçait d'éviter les rochers et les brisants blancs d'écume. Si près de la terre, les rafales devenaient tourbillonnantes et il ne manœuvrait qu'à grand-peine. Une bourrasque plus forte que les autres lui arracha la barre des mains, la pluie se mit à tomber, torrentielle. En quelques minutes, ils furent trempés jusqu'aux os. Les nuages tissaient un voile opaque devant eux et les empêchaient de distinguer la côte. Le duc pria le Ciel que les courants et les vagues ne les jettent pas sur la falaise rocheuse.

Le vacarme des vagues qui déferlaient et le mugissement de la tempête étaient devenus si assourdissants qu'on ne pouvait même pas se parler.

Le duc fut jeté au fond du canot par une secousse d'une rare brutalité. Alors qu'il tentait de se redresser, les yeux brûlés par l'eau de mer, le canot fit un tête-à-queue soudain. On entendit le fond qui craquait et râclait des pierres. Ou le canot s'était échoué, ou il avait touché l'un des rochers.

Le duc tenta de s'approcher d'Anouchka ; à ce moment, une rafale souleva le canot qui chavira en retombant. Le duc n'avait pas eu le temps de faire le moindre geste pour prévenir le désastre. Il fut projeté contre le fond, sa tête heurta les planches violemment et il sombra dans l'inconscience...

Lorsqu'il revint à lui en luttant pour reprendre son souffle, il ne savait pas où il était. La nuit était tombée. Il entendit une voix qu'il reconnut pour être celle d'Anouchka. Mais il ne comprenait pas un mot de ce qu'elle disait. Un instant, il supposa qu'il avait perdu la raison, mais bientôt il reconnut quelques mots de russe.

Anouchka parlait d'une voix distincte mais, par moments, on sentait qu'elle hésitait et cherchait le mot juste. Elle n'était pas seule : une voix d'homme lui répondait. A ses intonations, le duc reconnut qu'il avait sûrement reçu une bonne éducation.

La conversation d'Anouchka et de l'inconnu se poursuivait encore lorsque le duc sombra à nouveau dans l'inconscience.

Lorsqu'il s'éveilla à nouveau, tout était silencieux autour de lui. Il essaya de bouger ; une violente douleur à la tête l'en empêcha. Il voulut ouvrir les yeux, mais l'obscurité lui sauta au visage comme si elle jaillissait du fond d'un tunnel, et elle le submergea.

Un moment plus tard, il perçut cependant une vive lueur à travers ses paupières fermées, il entrouvrit les yeux et regarda autour de lui : il était allongé devant un grand feu. Il essaya de parler, il voulait appeler Anouchka qui se tenait à son chevet. Il la voyait d'en bas, elle le dominait de très haut : le matelas sur lequel il reposait était posé à même le sol.

Il articula avec difficulté :

— Où suis-je ?

— Enfin, vous êtes revenu à vous ! J'ai eu si peur ! Vous pouvez parler, mais il ne faut pas vous fatiguer.

Le duc assura sa voix :

— Vous n'êtes pas blessée, Anouchka ?

— Non, tout va bien.

— Qu'est-il arrivé ?

— Nous avons été jetés sur un rocher et nous avons chaviré. Heureusement, un homme se trouvait là qui nous a sauvés. Il vous a tiré de l'épave... J'avais si peur que vous ne vous noyiez !

Ému par l'inquiétude d'Anouchka, le duc voulut lui tendre les bras. Il se rendit compte alors qu'il était entièrement nu sous les couvertures. Anouchka, de son côté, portait un vêtement qu'il ne lui connaissait pas et ses cheveux étaient défaits.

Elle se pencha vers lui :

— Vous avez beaucoup de chance, l'homme qui vous a sauvé est médecin et nous sommes actuellement dans une petite isba où il vient parfois l'été.

— Il n'est pas là en ce moment ?

— Il est parti pour le village le plus proche afin de trouver un moyen pour nous faire rejoindre le yacht au lever du jour si la tempête s'est calmée d'ici là. Il va bientôt revenir. Qu'aurions-nous fait sans lui ?

— Mais comment vous sentez-vous ?

— Je m'en suis tirée sans une égratignure. C'est vous qui m'inquiétez.

— J'ai dû heurter le mât.

— Probablement. Vous avez été assommé, mais vous n'avez rien de cassé. Le médecin vous a longuement examiné. D'après lui, votre tête vous fera souffrir pendant deux ou trois jours, mais vous vous remettrez vite, vous êtes si solide.

Le duc tenta de se soulever sur un coude, mais la douleur l'en empêcha.

— Ne bougez pas, lui dit Anouchka en l'aidant à se recoucher confortablement.

Il vit alors avec stupeur que ce qu'il avait pris pour une robe était en réalité une chemise d'homme aux manches retroussées. Anouchka se mit à rire en voyant l'expression médusée du duc :

— Ne faites pas attention à mon accoutrement. Nous étions trempés, le médecin a insisté pour que je mette des vêtements secs pendant qu'il vous déshabillait. Nos habits sont en train de sécher et nous pourrons les remettre demain matin. D'ici là, mes cheveux aussi auront séché.

Anouchka était attendrissante avec ses longs cheveux défaits qui lui tombaient sur les épaules et la chemise de coton qui s'ouvrait sur sa poitrine offrait au duc un spectacle adorable. Il se sentit submergé par l'émotion. Anouchka s'était agenouillée à ses côtés ; la longue chemise de fortune recouvrait à peine ses jambes ; le duc songea que lorsqu'elle se relèverait elle serait obligée de les découvrir davantage.

Anouchka, qui devinait ses pensées, le regarda, moqueuse :

— Je me suis changée après le départ du médecin. J'ai mis ce que j'ai trouvé, mais il n'y avait rien de plus convenable. De toute manière, lorsque ma robe sera sèche, elle ressemblera à un chiffon ; en attendant, je suis curieusement accoutrée.

— Ce n'est pas moi qui m'en plaindrai, répondit le duc en souriant. Mais n'y a-t-il rien que je puisse me mettre sur le dos ?

— Nous n'avons pas pensé à vous habiller. Seule, je n'aurais jamais pu vous porter jusqu'ici et encore moins vous déshabiller. (Une lueur malicieuse brillait dans ses yeux. Elle avait parlé avec naturel, sans la moindre affectation et, visiblement, cette petite aventure la mettait en joie. Elle ajouta, plus sérieusement :) Le médecin m'a donné des consignes très simples en s'en allant : je dois entretenir le feu et veiller à ce que vous vous reposiez. Si vous avez faim, il y a de la charcuterie et, bien entendu, du thé à profusion. Que deviendraient les Russes sans le thé ?

Le duc se sentait mieux, il observa la pièce dans laquelle il se trouvait. C'était une isba suffisante pour un homme seul. La présence de livres et de quelques instruments rappelait qu'elle appartenait à un médecin.

Apparemment, il n'y avait qu'une pièce, assez vaste et un grand lit pour deux personnes. Si le docteur n'était pas marié, il avait assez de place pour accueillir de charmantes compagnies. Contre un mur, il y avait une table et deux chaises, ainsi qu'un buffet dans lequel étaient rangés quelques ustensiles de cuisine, des assiettes et des verres. Sur la paroi, on avait accroché un fusil de chasse, des cannes à pêche et une longue-vue.

Tout était impeccablement propre et bien entretenu.

Anouchka observait les réactions du duc avec une curiosité amusée.

— Ce n'est pas aussi grand que votre hôtel des Champs-Élysées ou votre villa de Nice, mais quel bonheur d'avoir trouvé un toit après avoir été repêchés !

— Nous avons beaucoup de chance, répondit le duc.

Il songea que son étoile ne l'avait pas abandonné. Il s'était déjà trouvé dans des passes difficiles et sur le point de perdre la vie ; chaque fois, la Providence l'avait sauvé. Le destin lui était favorable et sa chance, devenue proverbiale, était venue à son secours une fois encore, au dernier moment.

En l'absence de ce médecin providentiel, il se serait certainement noyé. Même dans le cas contraire, il aurait été contraint de passer avec Anouchka une nuit terrible, claquant des dents dans des vêtements trempés.

Anouchka se leva :

— Je vais vous faire du thé et vous constaterez que je n'ai pas menti quand je vous ai dit que mes jambes étaient minces !

— Je vous promets de ne pas perdre une miette du spectacle, répondit le duc.

Anouchka se leva gaiement. Sa chemise d'emprunt appartenait à un homme de grande taille et les pans lui descendaient jusqu'aux genoux. Elle avait noué une cordelette autour de sa taille. Ainsi, elle avait un air juvénile extrêmement séduisant, elle ressemblait à une petite sauvageonne très gracieuse et n'avait rien des « ladies » et des femmes du monde qu'avait connues le duc. Il songea aussi à une nymphe sortant des bois ou à une petite sirène émergeant des flots. Comme il fallait se décider entre toutes ces comparaisons, il résolut qu'Anouchka ressemblait à une déesse de la mythologie russe, avec ses grands yeux sombres et ses longs cheveux répandus sur ses épaules.

Cependant, Anouchka préparait le thé dans le lourd samovar. Le duc ne la quittait pas des yeux, le spectacle le ravissait tellement qu'il cessa de souffrir de sa blessure à la tête. Il s'étira dans le lit couvert d'un gros édredon douillet.

Anouchka, de son côté, semblait retrouver des gestes anciens en préparant le thé. Elle demanda :

— Avez-vous faim ?

— Pas pour le moment. Mais j'ai soif et vous aussi sans doute.

— Oui, en effet.

— Et ce thé vous rappellera des souvenirs d'enfance.

Anouchka feignit de n'avoir rien entendu et lança au duc un regard de reproche. Il avait été trop curieux à son gré.

Elle prit deux verres sur le buffet, s'approcha du samovar pour les remplir, lui en offrit un et s'accroupit à ses côtés.

— Combien de temps notre hôte doit-il rester absent ? demanda le duc.

— Il ne sera pas de retour avant demain matin.

— C'est une délicate attention de sa part.

— Le village est assez éloigné et il veut y faire des courses pour rapporter de la nourriture. Il m'a dit qu'il exerçait à Odessa et que, pour échapper à une clientèle envahissante, il venait se réfugier ici de temps en temps.

— Heureusement que vous parlez sa langue.

Anouchka sursauta :

— Vous m'avez entendue ?

— Oui.

— Vous avez été surpris ?

— Pas trop. Vous portez un nom russe.

— C'est vrai.

Anouchka se leva pour aller jeter des bûches dans le feu et attiser les flammes. Le duc contempla ce visage chéri où se reflétaient les lueurs du feu. Il se sentait bien, détendu, bien au chaud sous ses couvertures.

Lorsqu'elle se tourna vers lui, il dit :

— Depuis que je vous ai rencontrée, je vous ai vue dans bien des vêtements : habillée en novice, en mariée, en femme du monde... et maintenant...

— Si je porte un vêtement un peu insolite aujourd'hui, que dire du vôtre, Votre Grâce ?

— C'est vrai, convint le duc, non sans humour, je suis habillé comme Adam au jardin d'Éden.

Anouchka se détourna pour lui cacher son sourire malicieux. Puis elle revint vers lui :

— Tout ce que vous me dites me plaît et m'étonne, je ne peux jamais deviner ce que vous allez répondre aux questions que je vous pose.

— Vous aussi, vous m'étonnez sans cesse, Anouchka.

Il ne parla pas davantage. La fatigue, la chaleur du feu, le thé l'assoupissaient. Il étouffa un bâillement.

Anouchka lui prit le verre vide des mains :

— Est-ce que vous ne voudriez pas dormir un peu ? Il faut que vous récupériez. Le médecin a dit qu'il n'y avait pas de meilleur traitement que le sommeil.

— Je suis fatigué.

— Reposez-vous un moment.

Elle s'approcha de lui après avoir rangé le verre et lui massa doucement le front. C'était une caresse délicieuse, le duc ferma les yeux et s'endormit.

Lorsqu'il s'éveilla, tout était silencieux dans l'isba. La chandelle, qui avait brûlé sur la table, s'était éteinte et seuls les reflets rougeoyants de l'âtre jetaient une lumière cuivrée dans la pièce. Les bûches étaient si grosses qu'elles brûleraient encore pendant des heures avant d'être consumées.

Il se retourna sur son lit et découvrit Anouchka qui dormait profondément, allongée à côté de lui. Il n'avait pas senti sa présence plus tôt : le lit était si vaste qu'un large espace le séparait d'elle. Il s'étonna de voir qu'elle dormait comme une enfant et qu'elle était venue se coucher près de lui en toute innocence. Elle s'était couchée sans quitter la chemise du médecin, le sommeil donnait à ses traits un air angélique. Ses longs cils ombraient ses joues et ses cheveux étaient épars sur l'oreiller. L'un de ses bras reposait sur la couverture.

Le duc l'admira longtemps. Il lui semblait qu'il pénétrait dans un autre monde où les valeurs étaient différentes.

## 7

Irrésistiblement attiré, il se pencha doucement et ses lèvres se posèrent sur celles d'Anouchka qui étaient fraîches et pures. D'abord elle ne sentit rien, mais il ne put s'empêcher de prolonger son baiser qui devint plus insistant et Anouchka bougea dans son sommeil, puis elle balbutia d'une voix endormie.

— Je rêvais de vous...

Elle ne semblait pas avoir conscience du baiser qu'il lui avait donné.

— Je n'ai pu m'empêcher de vous embrasser, Anouchka, il y a si longtemps que j'en avais envie, murmura-t-il.

Il se pencha à nouveau sur le visage de sa bien-aimée. Leurs lèvres se rencontrèrent, celles du duc s'attardèrent, exigeantes, en un long baiser empreint d'une immense tendresse.

Dans son demi-sommeil, Anouchka se rapprocha instinctivement de lui : il l'étreignit avec passion en gardant sa bouche captive. Jamais encore il n'avait ressenti une pareille ivresse. Il découvrait une joie étrange, nouvelle, qui le comblait.

Un désir très intense s'emparait de lui, mais il voulait protéger Anouchka et rester fidèle à la promesse faite à sa sœur. Il ne savait comment exprimer le sentiment nouveau qui s'emparait de lui. Il se sentait prêt à se battre pour épargner à

Anouchka de connaître les laideurs de la vie vers laquelle il l'entraînait.

Il savait qu'en venant s'étendre près de lui elle avait agi en toute naïveté, simplement, elle avait désiré se reposer. Elle était incapable d'imaginer quels désirs pouvaient s'emparer d'un homme et d'une femme placés dans une pareille intimité, aucune pensée trouble n'avait traversé son esprit.

Il avait enfin trouvé ce qu'il cherchait depuis si longtemps : non seulement la pureté du corps, mais aussi celle d'une âme innocente.

Anouchka était maintenant tout à fait réveillée ; elle chuchota :

— Je ne savais pas qu'un baiser pouvait faire naître en moi...

— Quoi donc ? demanda le duc d'une voix tremblante d'espoir.

— Une félicité que je n'avais trouvée que dans la prière.

— Comme je vous aime, Anouchka ! J'attendais pour vous le dire car j'espérais que vous finiriez par éprouver de la tendresse pour moi. J'étais résolu à ne pas vous toucher, mais de vous voir si près de moi, si accessible, m'a fait oublier cette décision ; et je n'ai pu m'empêcher de vous embrasser.

Anouchka sourit en entendant ces mots, ce fut comme un rayon de soleil dans l'isba, et elle déclara :

— Je préfère que vous ne me respectiez pas autant ! Je voudrais que vous m'embrassiez encore !

Le duc resserra son étreinte et murmura, en effleurant ses lèvres :

— M'aimez-vous, Anouchka, mon tendre amour ? J'ai attendu ce moment avec une telle impatience. J'ai redouté longtemps que vous ne puissiez pas m'aimer comme une femme peut aimer un homme.

— Je ne sais pas ce que l'on ressent lorsque l'on aime... mais depuis que je vis avec vous, je connais le bonheur, et il ne s'est pas passé une seule nuit sans que je rêve de vous.

— Pourquoi me l'avoir caché ?

— Je pensais que vous ne pouviez pas m'aimer. Je savais qu'une femme vous avait blessé. J'avais peur que votre cœur ne soit pour toujours rempli de colère contre les femmes et que vous ne refusiez d'aimer à nouveau.

— Mais je vous aime, Anouchka. Je vous aime comme je n'ai jamais aimé. Je m'en veux d'avoir été assez stupide pour douter qu'il existât au monde un être tel que vous.

— Vous me trouvez donc... différente des autres ?

— Terriblement différente. Si nouvelle, mon adorée, que je ne pense pas avoir assez de ma vie pour vous dire combien nous allons être heureux, et nous vivrons une vie différente de celle que j'ai menée jusqu'à présent. (Il ajouta, en souriant :) J'ai été votre professeur et je me suis efforcé de vous apprendre ce que vous ignoriez. Désormais, c'est moi qui serai votre élève attentif, vous m'apprendrez à découvrir l'amour que vous avez pour moi, ce qui me plongera dans une félicité divine.

Sa bouche pressa les lèvres d'Anouchka dans un baiser passionné. Le feu qui brûlait en lui éveilla en elle un léger frémissement : comme une flamme dormante sur laquelle il aurait soufflé.

Le cœur du duc battait dans sa poitrine, son désir était si violent qu'il lui fallut toute sa force d'âme pour ne pas y céder et respecter encore la promesse faite à sa sœur.

Une bûche, qui s'effondra dans la cheminée, jeta une gerbe d'étincelles, les flammes s'élevèrent à nouveau, hautes et claires, illuminant le visage d'Anouchka. Le duc y lut la certitude qu'il souhaitait. L'instant tant attendu, depuis des siècles lui semblait-il, était enfin arrivé : Anouchka s'éveillait à l'amour. Ses lèvres parfumées laissaient passer un souffle plus court et ses petits seins délicats se soulevaient sous la chemise de coton.

Il la fit changer de position pour qu'elle se trouve à son côté. Il embrassa sa nuque fragile, ses épaules que l'échancrure de la chemise découvraient et ses seins de nacre.

Éperdue, Anouchka était assaillie par des sensations ignorées. Elle balbutia :

— C'est merveilleux... Pourquoi ne m'a-t-on jamais dit que l'amour était si magnifique ?

— Que ressentez-vous ?

— Des milliers d'étoiles illuminent mon cœur. C'est comme si des vagues m'emportaient. Je sens une fièvre, une soif ardente...

— Anouchka, murmura le duc.

— Embrassez-moi encore ! Je veux vous sentir contre moi, ne plus faire qu'un avec vous, me fondre en vous...

Anouchka ne comprenait pas la signification de ce qu'elle disait, mais elle répondait au désir que le duc éprouvait pour elle, il ne put retenir les mots qui se pressaient à ses lèvres :

— Je vous aime, je vous adore et cependant, je ne puis vous faire mienne sans que vous me le demandiez.

Anouchka ne savait pas de quoi il lui parlait.

— Que dois-je vous demander ?

— Oh, Anouchka, lorsque je vous ai épousée, ma sœur a exigé que je ne fasse pas de vous ma femme pendant un délai de trois mois. Elle estimait que cette épreuve était nécessaire si nous voulions connaître un amour aussi profond que celui qui avait marqué sa vie. Vous seule pouvez me délier de mon serment avant la fin de ces trois mois.

— Je comprends mal. Puis-je être plus proche de vous que je ne le suis en ce moment ? Existe-t-il une chose plus intense, plus délicieuse, que de s'embrasser ?

Le duc répondit d'une voix sourde :

— Il en existe une.

— Et je peux vous demander de me la faire connaître ?

— Vous le pouvez.

Elle eut un rire joyeux.

— Je le veux ! Je veux que vous m'aimiez ! Apprenez-moi ce qui fera de moi vraiment votre femme.

Jamais encore il n'avait entendu Anouchka s'exprimer avec cette passion. Ces mots, qu'il buvait sur ses lèvres, étaient un miel pour son cœur. Il sentit qu'un vent de bonheur allait les emporter dans un paradis dont ils seraient les seuls à avoir l'accès.

Lorsque le duc s'éveilla, le jour s'était levé. La lumière du matin brillait à travers les persiennes de l'isba. Le vent était tombé. Une belle journée succédait à la tempête de la veille. Dans l'âtre, les bûches consumées rougeoyaient encore au milieu des cendres. Anouchka s'était pelotonnée contre lui, la tête au creux de son épaule, ses cheveux lui recouvrant le bras.

Il ressentait un bonheur si nouveau, si intense, si rare, qu'il ne croyait pas que d'autres aient pu le connaître avant lui. Il y était parvenu au moment où il l'avait faite sienne et il avait connu alors une extase qu'il n'aurait jamais crue possible.

La passion qui s'était emparée d'eux leur avait fait oublier le temps, ils avaient cessé de voir l'endroit où ils se trouvaient et les scrupules du duc s'étaient évanouis. Un peu plus tard, quand ils avaient été apaisés, il avait demandé :

— Ma chérie, mon amour précieux, ne vous ai-je pas fait mal ?

— Oh, non !... Je vous aime, je voudrais vous le répéter sans cesse, c'est tellement merveilleux. Lorsque je prononce ces mots, ils résonnent comme une musique céleste.

Le duc lui embrassa les cheveux en murmurant :

— Je n'avais pas imaginé que notre première nuit d'amour se passerait dans une misérable isba, sur un lit de varech, entre des couvertures rugueuses.

— Peu importe ! C'est pour moi le plus merveilleux endroit de la terre. J'ai l'impression d'avoir atterri dans une région inconnue, sur une autre planète où il n'y a que nous.

Le duc sourit, en se rappelant les paroles de sa sœur. Ne lui avait-elle pas dit qu'en sortant du couvent Anouchka aurait tout à découvrir du monde et de la vie ?

— Je ne sais quelle force m'a invinciblement poussé à vous prouver mon amour. De toute façon, je ne pouvais plus résister à l'élan qui me portait vers vous et tôt ou tard ce serait arrivé.

Anouchka se rapprocha de lui, amoureusement :

— Dieu merci, nous n'avons pas attendu trois mois. J'aurais pu attendre des mois sans que vous m'embrassiez et, pendant tout ce temps, j'aurais ignoré à quel point l'amour est délicieux.

— Et vous êtes certaine d'aimer l'amour physique, Anouchka ?

— Je ne trouve pas les mots. J'avais l'impression de ne plus être moi-même et de me fondre en vous. Il me semblait que j'entrais au paradis. Je vous appartiens corps et âme et personne ne pourra me ravir à vous.

A ces paroles, le duc resserra son étreinte et dit avec un éclair sauvage dans le regard :

— Je tuerai de mes mains quiconque tenterait de vous arracher à moi ! Vous êtes mienne, Anouchka, mienne pour l'éternité. Rien ne pourra nous séparer.

— Que c'est doux à entendre. (Elle leva les yeux vers lui, souriante, une lueur anxieuse dans le regard :) Vous m'avez dit un jour que je devrais être jalouse si... une autre femme existait pour vous. Sur le moment, je n'ai pas compris ce que cela signifiait, maintenant que je le sais... si vous aimiez une autre femme, j'en mourrais.

— Ne soyez pas inquiète. Je n'ai pas aimé vraiment avant de vous connaître. Comme vous, j'ignorais jusqu'à la nuit dernière ce qu'était l'amour. Tout ce que j'ai fait dans le passé était frelaté. Oublions-le.

Anouchka se blottit contre sa poitrine :

— Comment pouvez-vous être aussi merveilleux ? Est-il possible qu'un homme tel que vous soit amoureux de moi ?

— Vous n'avez pas connu beaucoup d'hommes, ma chérie. Mais, de toute manière, je ne déteste pas entendre dire que je suis unique.

— Pour moi, vous l'êtes. Je pense que nous étions destinés l'un à l'autre : n'est-ce pas présomptueux de le croire ?

Le duc répondit sans hésiter :

— Pas le moins du monde. C'est aussi ce quc je crois. Nous étions faits l'un pour l'autre, Anouchka. Et c'est un merveilleux hasard qui nous a permis de nous rencontrer.

Anouchka eut l'air effrayé, tout à coup :

— Et si vous n'étiez pas venu au couvent ? Si vous en aviez épousé une autre ?

Le duc songea à Cléodel, mais son souvenir était déjà presque effacé de sa mémoire, c'est à peine s'il parvenait encore à se rappeler les traits de son visage. Il répondit fermement :

— Il faut croire en notre destinée. Une force suprême dirige nos vies.

Il savait maintenant que cette force qu'il évoquait l'avait sauvé d'un mariage désastreux qui aurait reposé sur la trahison et l'intérêt et qu'elle l'avait conduit jusqu'au couvent où il avait rencontré Anouchka pour leur bonheur à tous les deux alors qu'il croyait seulement assouvir sa vengeance.

Il se tourna vers Anouchka et la serra plus étroitement contre lui :

— Ne regardons pas en arrière. J'ai fait des choses dont je n'ai aucune envie de parler avec vous. Je ne tiens pas à ce que vous les appreniez jamais. Seul l'avenir, notre avenir, m'intéresse.

— Je n'ai pas d'autre but que de vous rendre heureux, répondit Anouchka. Chaque seconde, chaque minute de ma vie n'aura d'autre objet que de vous apporter le bonheur.

Elle lui tendit les lèvres, une passion brûlante s'empara de lui, passion qui était sanctifiée par Dieu. Anouchka lui appartenait dans son cœur, dans son corps et dans son esprit ; en faisant l'amour avec elle, il avait l'impression d'une communion où il reconnaissait une marque divine.

Le duc avait enfilé une chemise et un pantalon qui appartenaient au médecin. Il ouvrit les volets et la porte de l'isba. Le soleil, déjà haut, brillait dans le ciel découvert. Pour tout vêtement, Anouchka portait la même chemise que la veille et ses longs cheveux tombaient sur ses épaules. Elle avait préparé le petit déjeuner et disposait deux assiettes et deux verres sur la table. Ses gestes étaient légers et gracieux. Le duc se sentait illuminé de bonheur. Il s'étira :

— Lorsque nous aurons fini de manger, j'irai prendre un bain. La mer, qui s'est calmée, doit être bonne.

— Êtes-vous suffisamment rétabli ?

— On ne peut mieux. L'amour est le plus efficace des remèdes, et je vous aime tant !

— Il faudra donner la recette au médecin, il pourra l'essayer avec d'autres patients qui l'apprécieront sans doute.

Le duc revint sur ses pas pour la prendre dans ses bras.

— Anouchka, vous êtes de plus en plus jolie. La vie à la campagne a l'air de vous réussir et cette chemise vous va à ravir, encore que je vous préfère sans rien sur le dos ! Hélas, nos vêtements vont être bientôt complètement secs et il faudra nous rhabiller. Quelle sottise de retourner à la civilisation ! Que de temps et d'argent gaspillés !

Anouchka sourit :

— Méfiez-vous, les vêtements ont du bon. Il peut faire très froid en hiver ; même à Odessa, l'hiver russe est parfois rigoureux.

Le duc la prit aux épaules. Il était grave lorsqu'il plongea son regard dans le sien :

— Vous m'en avez trop dit, quel est votre secret ? Dites-le-moi maintenant.

— Pas encore, je vous en prie ! Allons d'abord à Odessa. Vous y apprendrez ce que je n'ai jamais encore révélé à personne.

— Comme vous voudrez, mon tendre amour.

Il la serra contre lui et leurs lèvres se rencontrèrent, jouant d'abord à s'effleurer avant de se souder dans un long baiser passionné.

Le médecin avait tenu sa promesse, il avait fait prévenir l'équipage du yacht de l'endroit où se trouvaient le duc et la duchesse. Le bateau avait jeté l'ancre dans une petite baie voisine de l'isba et un canot était venu à terre. Vers le début de l'après-midi, ils étaient retournés à bord et, le lendemain matin, le yacht mouillait dans le port d'Odessa.

Le départ avait été triste. Le médecin avait passé quelques instants avec eux avant de repartir à la pêche. Anouchka, qui s'était faite l'interprète du duc, l'avait chaleureusement remercié et ils s'étaient à nouveau trouvés seuls dans leur refuge.

— Je ne veux pas partir, avait déclaré Anouchka, je suis si heureuse ici !

— J'aimerais bien rester, moi aussi.

Il avait fermé la porte au verrou, pris Anouchka dans ses bras et l'avait portée sur le lit. Beaucoup plus tard dans l'après-midi, la sirène du yacht les avait rappelés à la réalité.

Le duc ne connaissait pas Odessa. Il fut séduit. Le port avait d'harmonieuses proportions et il était très coloré. La ville avait été bâtie sur les hauteurs, des tours et des clochers émergeaient au-dessus des toits. Le prince Voronzov, gouverneur général de la Bessarabie et de la Nouvelle-Russie, lui avait donné son aspect actuel. Grâce à son impulsion, la ville avait connu un prodigieux essor. Le duc n'était pas très sûr de ses souvenirs et il aurait voulu vérifier, en descendant à terre, ce qu'il avait appris jadis, mais Anouchka accaparait tout son temps. Elle avait les yeux brillants d'excitation et il lui arrivait de lui prendre la main ou de se blottir contre lui en regardant la ville.

Elle avait maintenant de ces petits gestes charmants et spontanés qui contrastaient avec son attitude réservée des jours précédents. Lorsque leurs doigts se rencontraient, le duc serrait sa main dans la sienne et mesurait la qualité de ce bonheur nouveau.

Anouchka le regardait avec un émerveillement qui le remplissait d'orgueil; en même temps il ressentait devant elle un sentiment d'humilité qu'il n'avait jamais connu jusqu'alors.

Il répéta, pour la centième fois:

— Je vous aime.

Les mots étaient bien faibles pour exprimer la force et la profondeur d'un amour qui ne cessait de grandir.

On jeta la passerelle et un domestique alla chercher la troïka qui se tenait à leur disposition. Quelques minutes plus tard, elle se rangeait sur le quai, au pied de l'échelle de coupée. Elle était très pittoresque avec ses décorations de couleurs vives et ses panneaux aux sculptures naïves.

Le cocher portait une étrange casquette sur ses longs cheveux. Une grande barbe et une moustache touffue lui mangeaient la figure. Il avait de bons yeux affables et aida Anouchka à prendre place lorsqu'elle lui eut expliqué, en russe, où elle désirait aller.

Le fouet claqua, les trois chevaux de l'attelage partirent au grand trot.

Anouchka n'avait pas dit au duc le but de leur visite.

Blottie contre lui, elle murmura:

— Je n'aurais jamais pensé que cela pût arriver.

— Votre retour ici?

— Oui, et que je n'éprouve aucune appréhension.

— De quoi auriez-vous peur ?

— Depuis que je suis votre femme, personne ne peut rien me faire, n'est-ce pas ?

— Personne ! (Le duc posa la main sur l'épaule d'Anouchka.) Je ne permettrai à personne de vous toucher, pas même de vous effrayer, je me battrais pour vous, s'il le fallait.

Anouchka lui jeta un regard chargé de reconnaissance :

— Je le sais et c'est pourquoi je me sens en sécurité près de vous.

Le duc ne lui demanda pas d'explications et s'abandonna au paysage dont il découvrait la beauté.

Ils avaient quitté le quartier du port et la basse ville pour grimper les rues qui montaient à l'assaut de la falaise où le prince Voronzov avait édifié les plus beaux monuments. Ils dépassèrent le palais du gouverneur, puis un autre bâtiment d'une belle architecture. Le regard d'Anouchka s'y attarda, comme si sa vue éveillait des souvenirs.

La troïka s'arrêta. Anouchka et le duc sautèrent à terre. Le duc se dirigea vers l'entrée principale du bâtiment, mais Anouchka l'entraîna vers une petite porte latérale qui s'ouvrait sur une cour fleurie. Au fond, se dressait une petite chapelle ravissante, abondamment décorée et peinte de couleurs vives, selon la tradition russe. L'or de son bulbe brillait au soleil.

Ils entrèrent. L'intérieur était orné d'icônes anciennes. Des chandeliers et des lampes d'argent, qui pendaient du plafond, jetaient une lumière douce sur des vases remplis de fleurs. Le lieu était intime et respirait une grande sérénité.

Anouchka s'avança lentement et s'agenouilla en silence près d'un prêtre plongé dans ses prières. Le duc se tenait derrière Anouchka. Le prêtre sentit une présence à ses côtés et se tourna. Il regarda Anouchka un moment avant de se lever et de lui adresser quelques mots. Anouchka se leva à son tour et dit, en russe :

— Vous ne me reconnaissez pas, mon père, ce n'est pas étonnant.

Le prêtre s'avança. La lumière d'un vitrail tomba sur lui et le duc distingua les traits d'un homme âgé aux cheveux blancs dont la vue était sans doute mauvaise car il clignait des yeux. Enfin, l'expression de la plus grande surprise se peignit sur ses traits. Il s'exclama, mêlant le russe et le français :

— Ce n'est pas possible ! Anouchka, ma petite, c'est toi ! Quel miracle de te revoir !

— Oui, c'est moi, mon père, et j'ai amené mon mari pour vous le présenter.

— Ton mari ?

Anouchka tendit la main vers le duc qui s'approcha. Elle lui présenta le vieux prêtre :

— Voici le père Alexis qui m'a baptisée et s'est occupé de mon éducation jusqu'à ce que je parte pour la France.

Le duc tendit la main sur laquelle le prêtre s'inclina.

— Je suis le duc de Ravenstock, mon père. Comme la duchesse vient de vous le dire, nous nous sommes mariés depuis peu.

— Je prierai pour votre bonheur ! Mais, venez, mes enfants, nous avons tant de choses à nous dire.

Il les fit passer à l'intérieur du cloître.

Petit et austère, le monastère n'était pas dénué de charme. La pièce où le prêtre introduisit ses hôtes était pauvrement meublée, les icônes, en revanche, étaient d'une grande beauté.

Anouchka regarda autour d'elle :

— Je reconnais cette pièce. C'est là que vous me donniez mes leçons ! Quel bon maître vous étiez, je m'en suis rendu compte en arrivant au couvent.

Le prêtre sourit :

— C'est gentil de me le dire, mais laisse-moi te regarder. Tu étais une très jolie petite fille lorsque tu m'as quitté et tu es devenue une ravissante jeune femme.

Anouchka ne répondit pas, mais il y avait une interrogation muette dans ses yeux.

— Comme tu ressembles à ta maman, murmura le prêtre.

— C'est ce que je voulais vous entendre dire. Mais je ressemble aussi à papa, n'est-ce pas ?

— Comment pourrait-il en être autrement ? Ils t'aimaient tant ! (En parlant, le prêtre avançait les chaises et invitait du geste ses hôtes à prendre place. Après s'être assis près d'eux, il poursuivit :) Je ne suis pas trop surpris de voir que tu t'es mariée. Tu ne me semblais pas faite pour vivre dans un couvent et j'espérais que la volonté de Dieu ne serait pas de te faire prendre le voile.

— Dieu a été bon avec moi, répondit Anouchka. Mais j'aimerais que vous racontiez mon histoire à mon mari car je ne lui en ai pas soufflé mot jusqu'à ce jour et il brûle de connaître mes origines.

Le prêtre acquiesça.

— J'ai toujours su que tu étais capable de garder un secret. Tu étais une enfant attentive et loyale et tu n'aurais rien fait qui pût nuire à ton père.

— Ce n'était pas difficile de garder un secret, tant que je n'étais pas mariée.

Elle sourit en regardant son mari.

Le duc demanda :

— J'aimerais beaucoup connaître ton histoire.

Le prêtre commença :

— Je vais vous la dire. La mère d'Anouchka naquit en 1830 à la cour de Saint-Pétersbourg, elle était la nièce du tsar Nicolas.

— Sa nièce ? murmura le duc, qui mesurait l'importance de cette révélation.

Anouchka était de sang royal !

Le prêtre reprit :

— Oui, sa nièce ; par conséquent, Son Altesse Sérénissime la princesse Natacha grandit à la cour. Je n'ai pas besoin de décrire à Votre Grâce les richesses et le faste qui y régnaient. Mais la princesse Natacha n'éprouvait aucune attirance pour les plaisirs de la cour. Elle était sage et réservée. Lorsqu'elle atteignit l'âge de vingt ans, sa famille décida de la marier et lui choisit un mari. C'était la coutume et Votre Grâce ne s'étonnera pas d'un usage à ce point répandu.

— Bien entendu, répondit le duc.

— Mais ce fiancé que l'on présenta à la princesse lui fit horreur. C'était un homme avide de luxe et de plaisirs. Or, la princesse venait de découvrir la misère du peuple et voulait la

soulager, elle décida d'échapper à u
lui inspirait la plus vive répulsio
se retirer au couvent, loin de la c
été contrainte d'obéir. Elle s'enfu
à Odessa où son père possédait
n'occupait jamais et qui menaça

Le duc écoutait, prodigieusement intéressé. Le prêtre le regarda intensément :

— Lorsque je vis arriver la princesse Natacha, si belle, si jeune, si débordante de vie, je compris que ce serait une erreur de lui laisser prendre le voile, je le lui dis et lui proposai de réfléchir davantage avant de se décider d'une manière irrévocable. (Le prêtre regarda Anouchka en l'enveloppant d'un sourire attendri avant d'ajouter :) Tu t'en souviens peut-être, mon enfant, ta mère était une personne de caractère, elle se décida très vite. Il le fallait, sans quoi le tsar pouvait la retrouver et la faire ramener de force à Saint-Pétersbourg.

— C'est bien le tsar Nicolas qui régnait alors ? demanda le duc.

— Oui, Votre Grâce. Un monarque despotique et cruel dont les crimes ont laissé une trace sanglante dans l'histoire de notre pays. (Le prêtre se signa.) Comme il fallait s'y attendre, le tsar envoya à Odessa des émissaires de sa police secrète. Entre-temps, Son Altesse Sérénissime avait prononcé ses vœux et pris le voile. Désormais, elle appartenait à Dieu et même le tsar de toutes les Russies n'avait plus de pouvoir sur elle. (Le prêtre hésita un moment :) C'est du moins ce que nous avons raconté.

— Ce n'était pas la vérité ? demanda le duc, surpris de cette restriction.

…eu me pardonne, ce n'était pas tout à fait … 'avais accepté que Son Altesse entrât dans …ein de l'Église, mais une clause particulière …ndait la décision révocable et prévoyait qu'elle pourrait revenir au monde si elle en éprouvait le désir, un jour.

Un moment le prêtre resta songeur, perdu dans ses souvenirs. Ni Anouchka ni le duc ne brisèrent le silence, ils attendaient qu'il poursuive son récit :

— A la mort de son père, qui survint quelques années plus tard, Son Altesse Sérénissime hérita du palais. Elle en fit don à notre petite communauté, après l'avoir entièrement réaménagé.

— Le palais devint donc un couvent ? demanda le duc.

— Exactement, répondit le prêtre. Il était si vaste que nous avons pu y installer un hôpital.

Le duc questionna :

— Mais qui distribuait les soins ?

— Les religieuses avaient les qualités nécessaires, elles étaient pour la plupart infirmières qualifiées, d'ailleurs les seules que l'on pouvait trouver dans tout le sud de la Russie. Vous pouvez imaginer la gratitude que leur portaient les médecins et les gens du peuple.

Le duc savait par expérience combien il était difficile de trouver un corps d'infirmières qualifiées aussi bien en temps de paix que pendant la guerre. Il avait été soldat et se souvenait de la médiocrité des médecins militaires, de la déplorable organisation des hôpitaux de campagne où les soldats mouraient comme des mouches. Il en disparaissait plus par manque de soins que sur le champ de bataille.

— Notre vie, poursuivit le prêtre, se déroula sans histoire jusqu'en 1865. C'est à cette date que sir Reginald Sherdan arriva à Odessa.

— Mon père, dit Anouchka.

— Ton père, confirma le prêtre. C'était un grand voyageur. Il avait fait plusieurs fois le tour du monde, mais sa santé déclinait. Il avait acheté une maison dans les faubourgs d'Odessa où le climat lui convenait : il comptait s'y retirer pour écrire un livre.

— N'en a-t-il pas écrit, en effet ? Il me semble avoir lu certains livres de lui.

— J'en ai quelques exemplaires et je vous les remettrai, Votre Grâce.

— Je vous en remercie.

— Sir Reginald avait une personnalité très attachante et nous sommes devenus amis, je suis fier de le dire. Malheureusement, au cours du deuxième hiver qu'il passa à Odessa, il tomba gravement malade.

Le duc devinait la suite de l'histoire.

— Il devint bientôt impossible de le soigner à domicile. Son Altesse le fit transporter au palais. C'était le seul endroit où il pouvait recevoir des soins constants nécessités par un état qui paraissait désespéré. On lui avait donné une chambre tranquille dont la vue donnait sur les jardins et sur la mer pour qu'il puisse mourir en paix.

— Mais il vécut ! s'écria Anouchka.

— Il vécut grâce aux soins incessants que lui prodiguait ta mère. Bientôt, ils découvrirent qu'ils étaient amoureux l'un de l'autre. (Le vieil homme poursuivit :) Dieu les avait pris sous son aile et leur avait fait connaître le bonheur. Mais ils ne savaient que faire et vinrent me demander conseil.

— Qu'avez-vous répondu ? demanda le duc.

— Je les ai mariés, répondit simplement le prêtre. J'ai célébré la cérémonie dans le plus grand secret. Alexandre II avait succédé à Nicolas, mais il est certain que le mariage de Son Altesse Sérénissime, même avec un homme aussi distingué que sir Reginald, n'eût pas été autorisé.

— Je comprends, dit le duc.

Le vieil homme soupira :

— Je ne pense pas avoir connu de couple plus heureux que ton père et ta mère, Anouchka. Il n'a pas été difficile de garder le secret sur leur union : tout le monde pensait que sir Reginald était trop faible pour regagner sa maison. Entre-temps, ta mère avait été nommée Supérieure du couvent, il lui était donc facile de s'isoler avec son mari sans que personne le sache.

— Je comprends maintenant pourquoi ils ont été aussi heureux, murmura Anouchka.

Elle lança au duc un regard tendre au souvenir des moments d'extase passés dans l'isba après leur naufrage.

Le duc lui sourit. Le prêtre continua :

— Tes parents ont connu un bonheur sans égal. Puis ta mère a attendu un enfant : toi, Anouchka.

— Quel âge avait-elle alors ? demanda le duc.

— Près de quarante ans et, pas plus que sir Reginald, elle n'avait imaginé qu'elle pouvait avoir un enfant.

— Que fit-elle ?

— Elle n'avait pas le choix et dissimula son état sous ses amples robes blanches, jusqu'au dernier moment.

Le prêtre resta pensif, il songeait à tous les problèmes qui les avait assaillis à ce moment.

Impatient, le duc questionna :

— Qu'est-il arrivé ensuite ?

— Nous avons prétendu que sir Reginald devait impérativement aller à Constantinople pour consulter un autre médecin. Nous avons prétexté son état de santé et allégué qu'il était trop faible pour voyager seul. La Mère supérieure et une vieille servante qui lui était dévouée jusqu'à la mort l'accompagneraient.

— C'est ainsi qu'Anouchka naquit à Constantinople ? s'enquit le duc.

Le prêtre se tourna vers Anouchka pour répondre :

— En effet, c'est là-bas que tu es née. Trois semaines plus tard, sir Reginald et Son Altesse Sérénissime étaient de retour à Odessa avec toi.

— Comment avez-vous expliqué la présence d'une enfant avec eux ? s'inquiéta le duc.

— Nous avons menti et inventé toute une fable pour rendre notre histoire crédible, répondit le vieil homme avec humilité. Pour me faire pardonner ces mensonges, j'ai fait des pénitences.

— Qu'avez-vous raconté ?

— De pieux mensonges. Nous avons inventé une famille à sir Reginald. Il aurait recueilli une parente éloignée et complètement démunie au moment où elle venait de donner naissance à un enfant. Le père avait disparu quelque temps auparavant, quant à la mère nous avons raconté qu'elle n'avait pas survécu à un accouchement difficile. Sir Reginald se chargeait donc du bébé et l'adoptait.

— Très ingénieux, reconnut le duc.

— Il fallait bien parler d'adoption pour qu'Anouchka puisse appeler sir Reginald papa !

— J'aimais beaucoup mon père, dit Anouchka. J'ai compris qu'il était mort le jour où vous m'avez dit qu'il m'avait laissé une grosse somme d'argent. Elle ne pouvait provenir que d'un héritage.

— Comment en étiez-vous sûre ? demanda le duc.

— C'est difficile à dire : j'ai ressenti un vide. En même temps, lorsque je priais pour mon père, dans la chapelle du couvent, j'avais l'impression d'une présence tellement proche qu'il me semblait impossible que mon père fût encore à Odessa. S'il était si présent, c'est qu'il était désormais dans un autre monde d'où il pouvait me rejoindre où que je sois.

— Son ombre te protégeait, mon enfant. De son vivant, ses pensées ne te quittaient pas ; s'il l'avait pu, sans risques pour toi, il ne t'aurait jamais quittée.

— Qu'est-ce qui le forçait à se séparer de sa fille ? demanda le duc.

— J'y arrive, Votre Grâce ! Son Altesse mourut lorsque Anouchka atteignit sa huitième année. Après la naissance, sa santé n'avait cessé de décliner ; à quarante ans, elle était peut-être déjà âgée pour mettre un enfant au monde, peut-être aussi le médecin accoucheur n'était-il pas le meilleur, toujours est-il qu'elle était restée affaiblie. Sa mort fut un grand choc pour nous tous.

— Je m'en souviens, murmura Anouchka, étouffant un sanglot.

Le duc s'approcha d'elle et lui prit la main dans un geste de compassion ; elle se serra contre lui, cherchant sa protection.

Le prêtre poursuivit son récit :

— J'ai mesuré très vite toutes les conséquences de la mort de Son Altesse Sérénissime. Anouchka ne pouvait rester à Odessa. C'était trop dangereux.

— Dangereux ? Pourquoi ? s'exclama le duc.

— Il avait fallu informer le tsar du décès d'un membre de sa famille. Je savais que, dès l'instant où la nouvelle serait connue à Saint-Pétersbourg, la machine se mettrait en marche. Il faudrait satisfaire les curiosités des gens de cour, ce qui n'était pas le plus inquiétant, mais la police secrète enverrait certainement quelqu'un à Odessa pour enquêter sur les causes de la mort de la princesse. Nous avions cru vivre au bout du monde, à l'écart des intrigues de cour, mais le monde allait nous rejoindre, la trêve s'achevait.

— Qu'avez-vous fait ?

— Sir Reginald et moi sommes arrivés à la même conclusion. Anouchka était de sang royal, la petite-fille d'un archiduc, cousin du tsar.

— Vous pensiez qu'on allait vous la prendre ?

— C'est ce que les autorités auraient fait, sans aucun doute, répondit le prêtre. On l'aurait conduite à Saint-Pétersbourg et élevée dans le climat de la cour que sa mère avait fui.

— Je comprends tout, soupira le duc.

— C'est pour qu'elle ne grandisse pas à la cour que sir Reginald s'est résolu à envoyer Anouchka en France. Mais cette décision et la perspective de la séparation lui crevaient le cœur.

Tout n'était pas éclairci cependant et le duc demanda :

— Comment Anouchka a-t-elle été envoyée précisément dans ce couvent du Sacré-Cœur dont ma sœur est la Supérieure ?

— J'en avais entendu parler par un prêtre catholique avec qui j'entretenais une correspondance suivie et, de son côté, sir Reginald connaissait plusieurs membres de votre famille qu'il avait fréquentés lorsqu'il vivait en Angleterre.

— C'était donc votre idée d'envoyer Anouchka en France ?

— En effet, et sir Reginald s'y rangea : c'était la meilleure solution et la plus sûre.

Anouchka murmura :

— Il m'a été si pénible de me séparer de mon père !

— Je l'imagine, répondit le duc, mais c'était pour vous faire échapper à une existence que vous n'auriez pas supportée. Je ne crois pas que vous auriez aimé vivre à la cour de Saint-Pétersbourg.

— Maman en parlait avec horreur et elle était terrifiée par la police secrète.

— Tout le monde en a peur, affirma le prêtre. Même de nos jours, et bien que la situation ne soit plus aussi inquiétante, il serait dangereux, Votre Grâce, de révéler ici la véritable identité d'Anouchka.

— Je partage votre avis, admit le duc, et je prendrai les dispositions nécessaires afin d'éviter toute indiscrétion. Mais si l'on ne peut pas révéler le nom de la mère d'Anouchka, en quoi celui de son père peut-il lui porter le moindre tort ?

Le prêtre hocha la tête :

— En Angleterre, il n'y aurait aucun inconvénient à révéler ces choses, mais ici, à Odessa, il vaut mieux s'abstenir de parler, croyez-moi !

— Je suivrai vos conseils, dit le duc. Il me semble d'ailleurs que le mieux, dans ces conditions, serait encore de quitter la Russie. (Il s'approcha du vieux prêtre et demanda :) Mais auparavant, voudriez-vous, mon père, nous accorder votre bénédiction ? Nous nous sommes mariés dans une église catholique et ma femme serait sûrement heureuse que vous nous bénissiez selon le rite dans lequel elle a été élevée.

— Rien ne pouvait me faire plus de plaisir, Votre Grâce, répondit le prêtre.

Lorsque Anouchka se releva, après la bénédiction, elle se jeta dans les bras de son mari, en balbutiant, éperdue :

— Oh, mon merveilleux mari, vous comprenez tout et vous devancez mes désirs ! Je vous aime !

Le yacht n'était plus à quai, il était ancré au milieu de la baie. Après le dîner, le duc et Anouchka contemplaient la ville et les jardins plantés de cyprès. Le jour, le spectacle était d'une grande beauté, mais la nuit le rendait féerique. Le clair de lune éclairait les dômes et les bulbes des églises d'une lumière surnaturelle. L'ombre noire des cyprès se détachait sur les murs des jardins et les mille lumières de la ville semblaient autant d'étoiles tombées du ciel.

La nuit était claire, les étoiles scintillaient dans la voûte céleste. La lune se reflétait en éclats métalliques sur la mer ; le spectacle était inoubliable.

Anouchka restait silencieuse aux côtés du duc. Il la regardait. Son visage, faiblement éclairé, lui paraissait d'une finesse et d'une beauté inégalables.

Comme si elle avait senti ce regard sur elle, Anouchka se jeta dans ses bras. La visite au vieux prêtre lui avait rappelé tant de souvenirs qu'elle était encore bouleversée et, instinctivement, cherchait du réconfort près de son mari.

Le duc l'étreignit amoureusement :

— A quoi pensez-vous ? lui demanda-t-il à voix basse.

— A mon destin. A l'histoire fascinante de mes parents. Nous garderons ce secret, mon chéri, sans jamais l'oublier. Je suis terriblement émue de savoir que mon père et ma mère ont partagé un aussi grand amour. Ce sera un exemple pour moi.

— Je ressens le même émerveillement, Anouchka, murmura le duc. (Il lui embrassa les cheveux avant d'ajouter :) Je souhaite que nos enfants soient le fruit d'un amour comparable à celui qui a uni vos parents et je me sens assez de force pour vous apporter le bonheur.

— Je le désire de toute mon âme.

Le duc leva la tête et contempla les étoiles avant de revenir à Anouchka :

— J'avais prié pour qu'on me donne une femme chaste et pure : le ciel m'a exaucé ! En même temps, il m'a permis de découvrir la plus exquise, la plus parfaite, la plus précieuse et la plus désirable des femmes. Comment pourrais-je me montrer assez reconnaissant ? Je voudrais m'agenouiller pour rendre grâce à Dieu.

Anouchka le regarda intensément, il n'y avait plus de mystère au fond de ses yeux, mais l'expression d'une émotion indicible.

Le duc reprit :

— Je vous chéris, mon amour, avec une telle force que les mots sont impuissants pour traduire la profondeur de mes sentiments. Je n'aurai pas trop de ma vie pour vous les exprimer.

Anouchka poussa un soupir de bonheur.

Le duc la serra plus étroitement contre lui.

Elle murmura :

— Je vous aime ! Oh, comme je vous aime ! Je me sens, comme vous, touchée par une grâce divine ! Vous êtes le plus merveilleux des hommes.

Ses lèvres cherchèrent celles du duc. Le baiser qu'ils échangèrent scella la communion de leurs âmes. Ils se sentaient pénétrés par une pureté extraordinaire.

Le feu qui couvait dans le corps du duc éveilla ses sens et se communiqua à Anouchka. Une flamme ardente les dévora, attisée par la passion qu'ils éprouvaient l'un pour l'autre.

Leur baiser, qui se prolongea, fit battre leurs cœurs affolés de désir.

— Je vous aime, murmura Anouchka. (Le souffle qui sortait de ses lèvres effleurait celles du duc. Elle ajouta doucement :) Dites-moi comment je peux vous prouver mon amour !

— Je ne pense pas que nous puissions nous aimer mieux ni davantage mais la nuit, qui nous appartient, va prouver mon erreur !

Il embrassa du regard le ciel étoilé, la lune immobile, les lumières de la ville qui clignotaient au loin. Il prit sa femme dans ses bras et la porta à l'intérieur du bateau. Leur amour était semblable à l'amour divin qui n'est que pureté.

# Romans sentimentaux

*Depuis les ouvrages de Delly, publiés au début du siècle, la littérature sentimentale a conquis un large public. Elle a pour auteur vedette chez J'ai lu la célèbre romancière anglaise Barbara Cartland, la Dame en rose, qui a écrit près de 300 romans du genre. À ses côtés, J'ai lu présente des auteurs spécialisés dans le roman historique, Anne et Serge Golon avec la série des Angélique, Juliette Benzoni, des écrivains américains qui savent faire revivre toute la violence de leur pays (Kathleen Woodiwiss, Rosemary Rogers, Janet Dailey), ou des auteurs de récits contemporains qui mettent à nu le cœur et ses passions, tels que Theresa Charles ou Marie-Anne Desmarest.*

**BENZONI Juliette**

**Marianne** 601**** & 602****
**Un aussi long chemin** 1872****
Le Gerfaut :
**- Le Gerfaut** 2206******
**- Un collier pour le diable** 2207******
**- Le trésor** 2208*****
**- Haute-Savane** 2209*****

**CARTLAND Barbara**

**Les amours mexicaines** 1052***
**Le message de l'orchidée** 1072**
**La flamme d'amour** 1110**
**L'enchantement du désert** 1188**
**La première étreinte** 1189**
**Que notre bonheur dure** 1204**
**La belle et le léopard** 1215**
**Le mystère de la bruyère bleue** 1285***
**La revanche de lord Ravenscar** 1321**
**Il ne nous reste que l'amour** 1347**
**Piège pour un marquis** 1699**
**La princesse en péril** 1762**
**Défi à l'amour** 1763****
**Un souhait d'amour** 1792**
**L'amour et Lucia** 1806**
**Rencontre dans la nuit** 1807**
**La magie de la bohémienne** 1819**
**L'invitation au bonheur** 1842**
**Les violons de l'amour** 1883**
**L'amour était au rendez-vous** 1884**
**Thérésa et le tigre** 1912**

CARTLAND (suite)
- ***La revanche du cœur*** *2005* **
- ***Les mirages de l'amour*** *2040* **
- ***Idylle à Calcutta*** *2049* **
- ***Prise au piège*** *2082* **
- ***Miracle pour une madone*** *2100* **
- ***Un mari chevaleresque*** *2114* **
- ***Une épouse particulière*** *2115* **
- ***Au cœur du péril*** *2131* **
- ***Fiancée à un brigand*** *2144* **
- ***Un amour conquérant*** *2145* **
- ***La danse de l'amour*** *2160* **
- ***Un amour sans fortune*** *2174* **
- ***L'amour comme un espoir*** *2189* **
- ***Un éternel enchantement*** *2230* **
- ***Le choix du prince*** *2242* **
- ***Loin de l'amour*** *2243* **
- ***Le lord et la demoiselle*** *2256* **
- ***Le secret de l'Écossais*** *2257* **
- ***La victoire de l'amour*** *2271* **
- ***Un cœur trop pur*** *2272* **
- ***Qui peut nier l'amour ?*** *2285* **
- ***La gondole d'or*** *2286* **
- ***Toujours plus haut l'amour*** *2301* **
- ***Les problèmes de l'amour*** *2302* **
- ***Le chemin de l'amour*** *2318* **
- ***Sur les ailes de l'amour*** *2319* **
- ***Le secret d'Anouchka*** *2335* **
- ***Lumières d'été*** *2336* **
- ***Le signe de l'amour*** *2349* ** (avril 88)
- ***Un bonheur sans prix*** *2350* ** (avril 88)

**CHARLES** *Theresa*
- ***Le chirurgien de Saint-Chad*** *873* ***
- ***Inez, infirmière de Saint-Chad*** *874* ***
- ***Lune de miel à Saint-Chad*** *1112* **
- ***Rosamond*** *1795* ****
- ***Thea*** *1873* ****

**COOKSON** *Catherine*
- ***L'orpheline*** *1886* *****
- ***La fille sans nom*** *1992* ****
- ***L'homme qui pleurait*** *2048* ****
- ***Le mariage de Tilly*** *2219* ****
- ***Le destin de Tilly Trotter*** *2273* ***
- ***Le long corridor*** *2334* ***

| | |
|---|---|
| ***COSCARELLI Kate*** | ***Destins de femmes*** *2039* **** |
| ***DAILEY Janet*** | ***Le solitaire*** *1580* **** |
| | ***La Texane*** *1777* **** |
| | ***Les ailes d'argent*** *2258* ***** |
| | *La saga des Calder :* |
| | ***- La dynastie Calder*** *1659* **** |
| | ***- Le ranch Calder*** *2029* **** |
| | ***- Prisonniers du bonheur*** *2101* **** |
| | ***- Le dernier des Calder*** *2161* **** |
| ***DESMAREST Marie-Anne*** | ***Torrents*** *970* *** |
| ***GOLON Anne et Serge*** | ***Angélique marquise des Anges*** *667* *** *& 668* *** |
| | ***Indomptable Angélique*** *673* *** *& 674* *** |
| | ***Angélique à Québec*** *1410* **** *& 1411* **** *& 1412* **** |
| | ***Angélique - La route de l'espoir*** *1914* **** *& 1915* **** |
| ***HOLT Victoria*** | ***La lande sans étoiles*** *2007* **** |
| ***LAKER Rosalind*** | ***La femme de Brighton*** *2190* **** |
| | ***Le sentier d'émeraudes*** *2351* ***** *(avril 88)* |
| ***LINDSEY Johanna*** | ***Le vent sauvage*** *2241* *** |
| ***MATTHEWS Patricia*** | ***Danser ses rêves*** *1901* **** |
| | ***L'éveil de l'aube*** *2081* **** |
| | ***L'écume des passions*** *2116* **** |
| ***MONSIGNY Jacqueline*** | ***Michigan Mélodie (Un mariage à la carte)*** *1289* ** |
| | ***L'amour dingue*** *1833* *** |
| | ***Le palais du désert*** *1885* ** |
| ***NICOLSON Catherine*** | ***Tous les désirs d'une femme*** *2303* **** |
| ***ROGERS Rosemary*** | ***Amour tendre, amour sauvage*** *952* **** |
| | ***Jeux d'amour*** *1371* **** |
| | ***Au vent des passions*** *1668* **** |
| ***STANFILL Francesca*** | ***Une passion fatale*** *2320* **** |
| ***STEEL Danielle*** | ***Un monde de rêve*** *1733* *** |
| | ***Celle qui s'ignorait*** *1749* ***** |
| | ***L'anneau de Cassandra*** *1808* **** |
| | ***Palomino*** *2070* *** |
| | ***Souvenirs d'amour*** *2175* ***** |
| | ***Maintenant et pour toujours*** *2240* ****** |
| ***WOODIWISS Kathleen E.*** | ***Quand l'ouragan s'apaise*** *772* **** |
| | ***Une rose en hiver*** *1816* ***** |
| | ***Shanna*** *1983* ***** |

2335
★★

Impression Brodard et Taupin à La Flèche (Sarthe)
le 16 février 1988
1584-5 Dépôt légal février 1988. ISBN 2-277-22335-2
Imprimé en France
Editions J'ai lu
27, rue Cassette, 75006 Paris
*diffusion France et étranger : Flammarion*